Miguel Delibes
Die heiligen Narren

 aufbau

MIGUEL DELIBES

DIE HEILIGEN NARREN

ROMAN

Aus dem Spanischen
von Petra Strien

 aufbau

Die Originalausgabe unter dem Titel
Los Santos Inocentes
erschien 1981 bei Planeta, Barcelona.

MIX
Papier | Fördert
gute Waldnutzung
FSC® C083411
FSC
www.fsc.org

ISBN 978-3-351-03878-6

Aufbau ist eine Marke der Aufbau Verlage GmbH & Co. KG

1. Auflage 2022
© Aufbau Verlage GmbH & Co. KG, Berlin 2022
© Miguel Delibes, 1981, and Heirs Of Miguel Delibes
Einbandgestaltung U1berlin, Patrizia Di Stefano
Satz LVD GmbH, Berlin
Druck und Binden CPI books GmbH, Leck, Germany
Printed in Germany

www.aufbau-verlage.de

INHALT

In Gedenken an meinen Freund
Félix R. de la Fuente

ERSTES BUCH

Azarías

SEINE SCHWESTER, die Régula, verdross der Azarías mit seinem Verhalten, und sie schalt ihn aus, und so kehrte er nach La Jara zurück, zum Señorito, denn seine Schwester, die Régula, verdross der Azarías mit seinem Verhalten, ihr lag daran, dass die Jungen etwas lernten, was ihr Bruder für einen Irrtum hielt, denn

dann taugen sie dir weder fürs Feine noch fürs Grobe,

dozierte er mit seiner dumpfen, leicht näselnden Stimme, während auf La Jara, beim Señorito, sich niemand drum scherte, ob man lesen oder schreiben konnte, ob man gebildet oder ungebildet war oder ob der Azarías grummelnd und mit barsten Füßen in seiner Cordhose mit den geflickten Knien und fehlenden Knöpfen am Hosenlatz herumschlurfte, und selbst wenn er plötzlich rüber zu seiner Schwester ging und der Señorito nach ihm fragte und die Antwort lautete,

der treibt sich bei seiner Schwester rum,

regte der sonst so strenge Señorito sich nicht auf und zuckte höchstens mal kaum merklich die eine Schulter, die linke, ohne weiter nachzufragen oder ein Wort zu sagen, und sobald er dann wie aus dem Nichts wieder auftauchte, der Azarías ist wieder da, Señorito,

huschte ein versöhnliches Lächeln über die Lippen des Señorito, nur machte es ihn rasend, dass der Azarías behauptete, gerade mal ein Jahr älter zu sein als der Señorito, wo der Azarías doch tatsächlich bei der Geburt des Señorito schon ein strammer Bursche war, woran der Azarías sich aber nicht mehr erinnern konnte, und wenn er hin und wieder darauf beharrte, ein Jahr älter zu sein als der Señorito, dann nur, weil Dacio, der Schweinehirt, es ihm einmal an Heiligabend, als er ein wenig angeheitert war, so gesagt hatte, was sich ihm, dem Azarías, ins Hirn gegraben hatte, und sooft man ihn fragte,

wie alt bist du noch mal, Azarías?,

so oft erwiderte er,

genau ein Jahr älter als der Señorito,

aber das war nicht aus Böswilligkeit oder weil er gerne log, sondern aus reiner Kinderei, und daher war es nicht fair, wenn der Señorito es sich verbat und ihn einen Schwindler schimpfte, und gerecht war es auch nicht, wo der Azarías doch dafür, dass er sich Gottes lieben langen Tag auf dem Landgut herumtrieb, grummelnd und sozusagen das Nichts zerkauend, während er sich interessiert die Nägel seiner linken Hand betrachtete, das Automobil des Señorito mit einem gelben Wischlappen polierte und die Ventilkappen von den Wagen der Freunde vom Señorito abschraubte, damit sie nicht ausgingen, falls die Dinge eines Tages mal schlecht liefen und der Vorrat knapp würde, und als reichte das nicht, kümmerte der Azarías sich auch noch um die Hunde, den Hühnerhund und den Setter, die drei Dachshunde, und wenn mitten in der

Nacht der Hütehund des Schäfers im Steineichenwald loskläffte und daraufhin die Hunde auf dem Hof einen Mordsradau veranstalteten, beschwichtigte der Azarías sie, redete ihnen gut zu und kraulte sie so lange zwischen den Augen, bis sie sich beruhigten und einschliefen, und beim ersten Morgendämmer trat er dann auf den Patio hinaus, streckte sich und öffnete das Tor, um die Truthähne in den Steineichenwald hinter der Dornenhecke rauszulassen, eingehegt von einem Maschendrahtzaun, bevor er die Hühnerställe auskratzte und, wenn er damit fertig war, noch die Geranien und die Weide goss, den Bretterverschlag des Uhus säuberte und ihn zwischen den Ohren streichelte, um schließlich bei Einbruch der Nacht, das wusste man schon, im Vorhof, rücklings auf einem Schemel am Feuer hockend, die Rebhühner, die Schnepfen, die Turteltauben oder die Flughühner zu rupfen, die der Señorito im Laufe des Tages erjagt hatte, und wenn reichlich Beutestücke vorhanden waren, legte der Azarías öfter mal eins für den Milan beiseite, so dass der Uhu jedes Mal, wenn er ihn kommen sah, mit seinem runden gelben Blick umfing und mit dem Schnabel klapperte, als turtelte er, all das aus spontaner Zuneigung, während er die anderen einschließlich des Señorito allesamt anfauchte wie ein Kater und ihnen die Krallen zeigte, doch bei ihm, dem Azarías, machte er eine Ausnahme, denn selten kam es vor, dass der ihn abends in Ermangelung eines köstlicheren Happens nicht mit einer Elster, einer Ratte oder einem halben Dutzend mit Hilfe von Vogelleim am Karpfenteich gefangenen Sperlingen oder wer weiß was sonst beehrte, jedenfalls sagte der Azarías zum Großherzog immer, wenn er sich ihm näherte, mit samtweicher Stimme,

hübscher Milan, hübscher Milan,

und kraulte ihn, mit seinem zahnlosen Grinsen, zwischen den Augen, und wenn es an der Zeit war, ihn hoch oben auf dem Felsen anzuketten, damit der Señorito oder die Señorita oder die Freunde des Señorito oder die Freundinnen der Señorita sich damit verlustieren konnten, auf dem Hochsitz versteckt, durch die Schießscharte auf Adler und Krähen zu schießen, wickelte er ihm einen roten Flanelllappen um den rechten Fuß, damit die Kette ihn nicht verletzte, und wartete, solange der Señorito oder die Señorita oder die Freunde des Señorito oder die Freundinnen der Señorita im Anstand blieben, im Gebüsch unter der Baumkrone mit dem Hochsitz kauernd, und passte, zitternd wie Espenlaub, auf ihn auf, und obwohl er ein wenig taub auf den Ohren war, vernahm er das dumpfe Knallen der Schüsse, wobei er jedes Mal zusammenzuckte und die Augen schloss, und wenn er sie wieder aufschlug und den Uhu immer noch unversehrt, aufrecht und triumphierend auf dem Felsen sah, war er stolz auf ihn und sagte gerührt zu sich selbst,

hübscher Milan,

wobei ihn ein heftiges Verlangen befiel, ihn zwischen den Ohren zu kraulen, und sobald der Señorito oder die Señorita oder die Freunde des Señorito oder die Freundinnen der Señorita es leid waren, Mäusebussarde und Krähen abzuschießen, und den Hochsitz verließen, die steifen Glieder reckend und streckend, als stiegen sie aus einem Schacht, ging er mit malmendem Kiefer, als zerkaute er etwas, auf den Großherzog zu, und dann plusterte sich der Uhu zufrieden auf und spreizte sein Gefieder wie ein Pfau, während der Azarías lächelnd,

warst gar nicht bang, Milan,

zu ihm sagte und ihn zur Belohnung zwischen den Augen kraulte, und am Ende klaubte er die abgeschossenen Adler einen nach dem anderen vom Boden auf, hängte sie an die Stange, band den Uhu behutsam los, sperrte ihn in den großen Holzkäfig, lud ihn sich auf die Schulter und machte sich ganz piano auf den Rückweg zum Gutshof, ohne auf den Señorito und seine Freunde oder auf die Señorita und ihre Freundinnen zu warten, die ihm langsam und erschöpft, unter grundlosem Gelächter über ihre Angelegenheiten plaudernd, auf dem Weg folgten, und wenn er zu Hause ankam, hängte der Azarías die Stange an den Balken im Vorhof und rupfte, sobald es dämmerte, im Patio auf dem Kies kauernd, im weißen Licht der Lampe einen Mäusebussard, um dann mit ihm ans Fenster des Bretterverschlags zu treten, wo er

huhuuuh

heulte mit extra tiefer Stimme, so dunkel wie möglich, und sogleich schwang sich der Uhu mit ruhigem Flügelschlag auf, samtweich wie Watte, näherte sich lautlos dem Gitterfenster und machte seinerseits

huhuuuh,

quasi als Echo auf Azarías' Huhuuuh, ein Echo von jenseits des Grabes, und schon schnappte er sich den Mäusebussard mit seinen riesigen Krallen und verschlang ihn geräuschlos im Handumdrehen, während der Azarías ihm mit geiferndem Grinsen beim Fressen zusah und vor sich hin murmelte, hübscher Milan, hübscher Milan,

und wenn der Großherzog sein Festmahl beendet hatte, machte der Azarías sich auf zum Vorplatz, wo die Freundinnen des Señorito und die Freunde der Señorita ihre Wagen unterstellten, um mit seinen ungelenken Fingern geduldig die Ventilkappen der Reifen abzuschrauben und sie, wenn er fertig war, in der Schuhkiste im Schuppen bei den anderen zu verstauen, und dort ließ er sich dann auf dem Boden nieder und fing an, sie zu zählen,

eins, zwei, drei, vier, fünf…,

und wenn er bei elf angelangt war, sagte er jedes Mal,

dreiundvierzig, vierundvierzig, fünfundvierzig …,

und anschließend trat er hinaus auf den Hof, wenn es bereits dunkel wurde, wo er sich in einer Ecke auf die Hände pinkelte, damit sie nicht schrundig wurden, und ließ sie eine Weile wedelnd auslüften, und so Tag für Tag, Monat für Monat, Jahr für Jahr, ein ganzes Leben, doch trotz dieser geregelten Lebensweise wachte der Azarías manchmal in der Früh schlapp und wie zerschlagen auf, so als hätte ihm jemand in der Nacht die Knochen herausgelöst, und an solchen Tagen kratzte er den Hühnerstall nicht aus, stellte den Hunden nichts zu fressen hin, noch reinigte er den Käfig des Uhus, sondern ging hinaus aufs Feld, wo er sich im Schutz einer Hirtenhütte oder zwischen Seidelbaststräuchern und, wenn die Sonne stach, im Schatten eines Erdbeerbaums langlegte, und auf Dacios Frage,

was ist denn mit dir passiert?,

dann er,

mich plagt die Lähme, sag ich dir,

und auf diese Weise ließ er die tote Zeit verstrei-
chen, und wenn der Señorito auf ihn stieß und ihn
fragte,

was ist los mit dir, Mann Gottes?,

dann der Azarías wieder,

mich plagt die Lähme, Señorito, sag ich dir,

völlig unbeeindruckt zwischen die Seidelbaststräu-
cher gebettet oder im Schutz des Erdbeerbaums, reglos, in sich gekehrt, die Schenkel gegen den Bauch gepresst, die Ellenbogen auf die Brust gestemmt und
leise jaulend wie ein hungriger Welpe, den Blick starr
auf die grünlich blaue Linie des sich gegen den Himmel abzeichnenden Gebirges gerichtet, auf die runden
Schäferhütten, auf das Rehgebirge (hinter dem Portu-
gal lag), die geduckten Geröllhalden wie riesige Schildkröten, den ausgedehnten Flug der kreischenden Kra-
niche Richtung Sumpfgebiet, die umherstreunenden
Merinoschafe mit ihren Lämmern, und wenn zufällig
Dámaso, der Schäfer, vorbeikam,

was ist denn mit dir los, Azarías?,

dann er,

mich plagt die Lähme, sag ich dir,

und solcherart verstrich die Zeit, bis er einen hefti-
gen Druck verspürte und neben dem Erdbeerbaum
oder in irgendeiner dunklen Felsspalte seinen Darm
entleerte, und während er sich erleichterte, kehrte
nach und nach sein Elan zurück, und kaum war er wieder bei Kräften, eilte er als Erstes zum Uhu, um ihm
zärtlich durchs Gitter zu sagen,

hübscher Milan,

und schon plusterte sich der Uhu auf und klapperte
mit seinem krummen Schnabel, bis ihm der Azarías

einen gerupften jungen Adler oder eine junge Elster kredenzte, die der Uhu verschlang, während der Azarías, um Zeit zu gewinnen, zum Schuppen eilte, wo er sich auf den Boden hockte und sich daranmachte, die Ventilkappen in der Kiste zu zählen,

eins, zwei, drei, vier, fünf,

bis er bei elf angelangt war, und dann sagte er,

dreiundvierzig, vierundvierzig, fünfundvierzig,

und wenn er fertig war, legte er den Deckel auf die Kiste und betrachtete eine geraume Weile ausgiebig die platten Fingernägel seiner rechten Hand, wobei sich seine Kinnlade hob und senkte, unverständliche Worte brabbelnd, bis er unversehens beschloss,

ich geh zu meiner Schwester,

und falls er dem Señorito begegnete, der auf der Veranda in seinem Liegestuhl träge vor sich hin döste,

ich geh zu meiner Schwester, Señorito,

zuckte der Señorito unmerklich die linke Schulter,

geh mit Gott, Azarías,

und dann marschierte er los zum anderen Hof, zu seiner Schwester, und sie, die Régula, machte ihm das Tor auf,

darf man mal erfahren, was du hier zu suchen hast?,

und der Azarías,

wo sind die Jungs?,

und sie,

na, in der Schule sind sie, wo denn sonst?,

dann streckte er, der Azarías, kurz seine dicke rosige Zungenspitze heraus und zog sie gleich wieder ein,

dein Pech, nachher taugen sie dir weder für fein noch für grob,

und die Régula,

he, hab ich dich nach deiner Meinung gefragt?,

doch sobald die Sonne unterging, wurde dem Azarías der Kopf schwer, während er in die Glut starrte und auf dem Nichts kaute, bis er nach einer Weile aufblickte und unverhofft sagte,

morgen geh ich zurück zum Señorito,

und noch vorm Morgengrauen, sobald sich ein oranger Streifen am Horizont zeigte, der die Konturen der Sierra umschloss, war der Azarías bereits unterwegs, und vier Stunden später, verschwitzt und hungrig, sobald er hörte, wie die Lupe den schweren Riegel am Hoftor beiseiteschob, fing er schon an,

hübscher Milan, hübscher Milan,

wieder und wieder, und für die Lupe, die Schweinehirtin, nicht mal ein Guten Morgen, während der Señorito vielleicht noch im Bett lag, um auszuruhen, aber als er mittags auf dem Vorplatz erschien, vermeldete die Lupe,

der Azarías hat sich in der Früh wieder bei uns eingefunden, Señorito,

und der Señorito sagte blinzelnd, mit schläfrigen Augen,

ist gut,

und zuckte quasi resigniert oder überrascht die linke Schulter, obwohl man den Azarías schon den Hühnerstall auskratzen oder den Verschlag des Großherzogs reinigen oder den Kübel über den Kies im Patio schleifen hörte, und dergestalt gingen die Wochen dahin, bis eines schönen Tages, als der Frühling vor der Tür stand, der Azarías sich veränderte, sich ihm eine Art einfältiges, unergründliches Grinsen auf die Lippen legte und er, als die Sonne sank, anstatt die Ventilkappen zu zäh-

len, sich den Uhu packte und mit ihm im Steineichenwald entschwand, wo der riesige Vogel reglos, aufrecht
auf seinem Unterarm die Umgebung erkundete, um,
sobald es dunkel wurde, zu einem sanften, lautlosen
Flug abzuheben, von dem er schon bald zurückkehrte
mit einer Ratte in den Fängen oder einem Buchfinken,
um dort beim Azarías seine Beute zu verschlingen,
während der ihn zwischen den Ohren kraulte und dem
Pulsieren der Sierra lauschte, dem jämmerlich heise-
ren Bellen der läufigen Füchsin und dem Röhren der
sich ebenfalls paarenden Hirsche im Revier der Heiligen Ángela, und dann und wann zu ihm sagte,
   die Füchsin ist heiß, hörst du, Milan?,
   dann strahlte ihn der Uhu mit seinen runden gelben
Pupillen an, die im Finstern funkelten, legte langsam
die Ohren an und schlang weiter, und früher, da hatte
man in Frühlingsnächten auch noch das düstere Heulen der Wölfe im Ginsterdickicht vernommen, aber
seit die Männer vom elektrischen Licht gekommen waren, um die Masten für die Stromleitung längs des
Hangs aufzustellen, hörte man sie nicht mehr, dafür
erschallte nun in regelmäßigen Abständen der Schrei
des Waldkauzes, und in solchen Fällen reckte der Großherzog mit gespitzten Ohren seinen riesigen Kopf, so
dass der Azarías lachen musste, ein zahnloses Lachen,
dumpf und still, und murmelte,
   traust dich nicht, Milan?, morgen mach ich Jagd auf
den Waldkauz,
   und, gesagt, getan, brach er am nächsten Tag im
Morgengrauen allein auf in Richtung Sierra, bahnte
sich den Weg mitten durch blühende Zistrosen, Wolfs-
milch und Turmkraut, denn der Waldkauz übte auf den

Azarías eine seltsame abgründige Faszination aus, eine
Art panikartigen Nervenkitzel, so dass er, wenn er im
Hochwald pausierte, deutlich das heftige Pochen seines Herzens hörte, und dann wartete er einen Moment, um Atem zu schöpfen und sein Gemüt zu beruhigen, und schließlich rief er laut hinaus,

he!, he!,

machte ihn nach, den Waldkauz, und spitzte sogleich die Ohren in Erwartung einer Antwort, während
der Mond hinter einem Wolkenschleier hervortrat und
die Landschaft in einen unwirklich schillernden, mit
Schatten durchwirkten Glanz tauchte, und dann wiederholte er, leicht eingeschüchtert, die Hände zum
Trichter geformt, herausfordernd,

he!, he!,

bis ihm plötzlich von einer wuchtigen Steineiche
zwanzig Meter weiter unten das ersehnte schaurige
Geheul ans Ohr drang,

buhuh!, buhuh!,

und wenn er das hörte, vergaß der Azarías die Zeit,
vergaß sich selbst und rannte wie wild los, keuchend
trampelte er den Ginster nieder, zerkratzte sich das
Gesicht an den unteren Zweigen der Erdbeerbäume
und der Korkeichen, und dicht hinter ihm hartnäckig,
sacht von Baum zu Baum hüpfend, der Waldkauz, krei-
schend und grölend vor Lachen, und bei jedem Lachen
weiteten sich dem Azarías die Pupillen, und er bekam
eine Gänsehaut, und beim Gedanken an den Milan im
Schuppen legte er noch einen Schritt zu, und der Waldkauz auf seinen Fersen kreischte wieder und lachte,
und der Azarías rannte und rannte, stolperte, fiel hin,
rappelte sich wieder auf, ohne je den Kopf zu wenden,

und als er keuchend die Koppel erreichte, bekreuzigte sich die Lupe, die Schweinehirtin,

wo kommst du denn her, sag?,

und der Azarías grinste schüchtern wie ein kleiner Junge, wenn er etwas ausgefressen hat,

von der Jagd auf den Waldkauz, sag ich dir,

und sie,

Jesses, was für Spielchen!, und das Gesicht zerschunden wie der Gekreuzigte,

doch er war schon auf dem Weg zum Schuppen, wo er das Blut im Gesicht mit dem Lappen stillte und, mit halb offenem Mund sabbernd ins Leere grinsend, seinem schmerzenden Herzschlag lauschte, bis er sich nach einer Weile, wieder ruhiger geworden, in geduckter Haltung lautlos zum Bretterverschlag des Milans schlich, wo er sich plötzlich an der Luke zeigte und,

huhuuuh!,

machte,

und der Uhu flatterte auf zum Fenstersims und blickte ihm mit zur Seite geneigtem Kopf in die Augen, und da brüstete sich der Azarías,

ich hab den Waldkauz gejagt,

und der Uhu stellte die Ohren auf und klapperte mit dem Schnabel, als applaudierte er ihm, und er,

ganz schön gehetzt hab ich ihn,

dann fing er leise zischend an zu lachen, dabei fühlte er sich von den Hofmauern geschützt, und so ein ums andere Mal, Frühjahr um Frühjahr, bis er sich eines Abends schon gegen Ende Mai den Gitterstäben näherte und wie gewöhnlich,

huhuuuh!,

sagte, doch der Großherzog reagierte nicht auf den Ruf, was den Azarías wunderte, und noch einmal machte er,

huhuuuh!,

doch der Großherzog reagierte nicht auf seinen Ruf, und der Azarías,

huhuuuh!,

beharrlich ein drittes Mal, doch aus dem Innern des Verschlags kein Laut, da stieß der Azarías die Tür auf, zündete die Lampe an und fand den Uhu zusammengesackt in einer Ecke, und als er ihm die gerupfte Elster zeigte und vom Uhu keine Regung kam, legte der Azarías seinen Fang auf den Boden, hockte sich neben den Vogel, packte ihn vorsichtig bei den Schwingen und umfing ihn mit seiner Wärme, während er voller Zärtlichkeit sagte,

hübscher Milan,

doch der Vogel reagierte nicht wie gewohnt auf die Ermunterungen, so dass der Azarías ihn schließlich aufs Stroh bettete, hinausging und nach dem Señorito fragte,

der Milan ist krank, Señorito, er fiebert,

vermeldete er, und der Señorito,

da kann man nichts machen Azarías!, der ist halt alt, wir müssen wohl einen neuen Jungvogel besorgen,

und der Azarías, verzweifelt,

aber es ist der Milan, Señorito,

und der Señorito mit schläfrigen Augen,

ach, sag bloß, ist nicht ein Vogel wie der andere?,

und der Azarías, flehentlich,

erlauben Sie, dass ich den Heiler von Almendral rufe?,

und der Señorito zuckte gleichgültig die Schulter,

den Heiler?, bist ja ganz schön verschwenderisch, wenn wir wegen eines Vogels den Heiler holen müssten, wo kämen wir da hin?,

und nach dieser Schelte schallendes Gelächter wie vom Waldkauz, dass es dem Azarías eiskalt über den Rücken lief, und,

Señorito, lachen Sie nicht so, um Ihrer Toten willen, ich bitte Sie,

und der Señorito,

darf ich nicht mal mehr im eigenen Haus lachen?,

und erneutes Gelächter wie vom Waldkauz, heftiger und heftiger, bis auf sein dröhnendes Hohnlachen die Señorita, die Lupe, Dacio, der Schweinehirt, Dámaso und die Mädchen der Hirten herbeieilten und in das Gelächter einfielen wie Waldkäuze, und die Lupe,

da heult doch der Wirrkopf um diesen widerlichen Vogel,

und der Azarías,

der Milan fiebert, aber der Señorito will nicht, dass ich den Heiler von Almendral rufe,

und wieder schallendes Gelächter, wieder und wieder, bis der Azarías schließlich völlig verstört auf den Patio hinauslief, sich auf die Hände urinierte und dann, ab in den Schuppen, sich auf den Boden hocken und mit lauter Stimme die Ventilkappen zählen, um sich zu beruhigen,

eins, zwei, drei, vier, fünf, sechs, sieben, acht, neun, zehn, elf, dreiundvierzig, vierundvierzig, fünfundvierzig,

und als er sich etwas ruhiger fühlte, schnappte er sich einen Sack als Kopfkissen und legte sich schlafen, um, sobald der Morgen dämmerte, leise an die Gitterstäbe des Verschlags zu treten, und wieder machte er,

huhuuuh!,

doch keine Antwort, und da stieß der Azarías die Tür auf und gewahrte den Uhu in der Ecke, wo er ihn am Vorabend zurückgelassen hatte, völlig in sich zusammengesackt und erstarrt, und als er sich mit kleinen Schritten ihm näherte, ihn am Ende eines Flügels packte, seine Jacke öffnete und über dem Vogel wieder schloss, während er mit gebrochener Stimme sagte,

hübscher Milan,

schlug der Großherzog weder die Augen auf, noch klapperte er mit dem Schnabel, nichts, woraufhin der Azarías den Patio überquerte, zum Tor gelangte und den Riegel zurückschob, und auf das kreischende Geräusch hin eilte die Lupe, die vom Dacio, herbei,

was hast du dir jetzt schon wieder in den Kopf gesetzt, Azarías?,

und der Azarías,

ich geh zu meiner Schwester,

und schon brach er auf, lief eiligen Schritts, ohne die Kieselsteine oder die Hauhecheln an den Fußsohlen zu spüren, passierte den Steineichenwald, das Ginsterfeld, die Talsohle, den toten Vogel zärtlich an die Brust gepresst, und kaum hatte die Régula ihn erblickt,

du schon wieder?,

und der Azarías,

und die Jungs?,

und sie,

in der Schule,

und der Azarías,

ist denn keiner im Haus?,

na, die Kleine ist da,

und in dem Moment bemerkte die Régula das Bündel, das der Azarías unter der Jacke an die Brust gepresst hielt, und als sie ihm die Jackenenden aufschlug, fiel der Vogelkadaver auf die roten Bodenfliesen, woraufhin sie einen hysterischen Schrei ausstieß,

du schaffst mir dieses Aas auf der Stelle aus dem Haus, hörst du?,

sagte sie, da hob der Azarías den Vogel brav wieder auf und ließ ihn draußen auf der Steinbank liegen, kam wieder herein und verließ das Haus, die Kleine im rechten Arm wiegend, die sich mit leerem Blick umschaute, ohne ihn auf irgendetwas zu richten, während er, der Azarías, mit der linken Hand den Milan am Fuß packte und sich eine Hacke griff, und die Régula,

wohin willst du in diesem Aufzug?,

und der Azarías,

das Grab ausheben, sag ich dir,

und unterwegs verfiel die Kleine in ihr endloses jämmerliches Geheul, das jedem das Blut in den Adern gefrieren ließ, allein der Azarías blieb ungerührt, und als sie am Fuß des Berghangs anlangten, setzte er die Kleine ins Kühle zwischen Zistrosensträuchern ab, entledigte sich der Jacke und hob im Handumdrehen ein tiefes Loch unter einer Korkeiche aus, legte den Vogel hinein und schob die Erde im Nu mit der Hacke in das Loch zurück, um es zu schließen, ließ den Blick dann einen Moment lang auf dem kleinen Grabhügel ruhen, barfuß, mit der an den Knien geflickten Hose und halb aufgesperrtem Mund, und wandte sich nach eine Weile zu der Kleinen um, deren Kopf zur Seite hing, wie ausgerenkt, und ihre abschweifenden Blicke trafen sich und verloren sich im Nichts, ohne sich auf etwas zu richten, dann bückte der Azarías sich, nahm sie auf die Arme und ließ sich am Rand des Hangs neben der aufgeschütteten Erde nieder, presste sie an sich und murmelte,

hübscher Milan,

und fing an, ihr ausgiebig mit dem Zeigefinger der rechten Hand das Haar am Hinterkopf zu kraulen, was die Kleine teilnahmslos mit sich geschehen ließ.

ZWEITES BUCH

Paco, der Kurze

HÄTTEN SIE schon immer auf dem Hof gelebt, wären die Dinge vielleicht anders gekommen, aber Crespo, der Oberaufseher, schob einen zur Sicherheit schon mal gerne auf den Grenzhof von Abendújar ab, und Paco, der Kurze, hatte sozusagen das Nachsehen, nicht, dass es ihn selbst geschert hätte, ihm war es gleichgültig, ob hier oder da, aber nur wegen der Jungen und der Schule, mit der Charito, der Kleinen, hatten sie schon genug Last, die Kleine sagten sie zur Charito, obwohl sie für die Knirpse ja eigentlich die Ältere war, na klar,

Mutter, warum spricht die Charito nicht?,

warum läuft die Charito nicht, Mutter?,

warum macht die Charito in die Windeln?,

fragten sie alle naslang, und sie, die Régula, oder er oder beide im Chor,

na, weil sie noch sehr klein ist, die Charito,

also, um irgendwas zu erwidern, was konnten sie ihnen schon sagen?, aber Paco, dem Kurzen, lag daran, dass die Jungen was lernten, denn der Hachemita in Cordevilla hatte versichert, dass die Jungen schon mit einem bisschen Wissen die Armut überwinden könnten, und selbst die Señora Marquesa hatte, um das Analphabetentum auf dem Landgut auszurotten, drei auf-

29

einanderfolgende Sommer lang zwei Señoritos aus der Stadt kommen lassen, damit sie alle nach getaner Arbeit auf dem Vorplatz des Hofgeländes um sich versammelten, die Schäfer, die Schweinehirten, die Olivenerntehelfer, die Maultiertreiber, die Tagelöhner und die Aufseher, und ihnen dort im grellen Licht der von Schmeißfliegen und Motten umschwirrten Laterne die Buchstaben und ihre tausenderlei mysteriösen Kombinationen beibrachten, und wenn die Schäfer, die Schweinehirten, die Olivenerntehelfer, die Maultiertreiber, die Tagelöhner und die Aufseher gefragt wurden, sagten sie,

B mit A ergibt BA, und C mit A ergibt ZA,

woraufhin die Señoritos aus der Stadt, der Señorito Gabriel und der Señorito Lucas, sie korrigierten und den Trugschluss aufklärten,

falsch, C mit A wird zu KA, C mit I wird zu ZI, und C mit E wird zu ZE, aber C mit O wird zu KO,

und die Schäfer, die Schweinehirten, die Olivenerntehelfer, die Maultiertreiber, die Tagelöhner und die Aufseher sagten einander völlig verwirrt,

die machen uns doch was vor, den Señoritos macht es anscheinend Spaß, uns zum Narren zu halten,

aber sie wagten es nicht, die Stimme zu erheben, bis eines Abends Paco, der Kurze, nachdem er zwei Gläschen gekippt hatte, sich vor dem langen Señorito, dem mit den Geheimratsecken, vor seiner Gruppe aufpflanzte und ihn mit geblähten Nüstern (so dass man ihm nach Aussage des Señorito Iván an Tagen, wo er gut drauf war, durch die Löcher seiner platten Nase bis ins Hirn sehen konnte) fragte,

Señorito Lucas, wozu dieser Firlefanz?,

da brach der Señorito in schallendes Gelächter aus, und kriegte sich gar nicht mehr ein, ein puterrotes unkontrolliertes Gelächter, und als er sich schließlich etwas beruhigt hatte, trocknete er sich die Augen mit dem Taschentuch und sagte,

so ist die Grammatik, wenn du wissen willst, warum, musst du die von der Akademie fragen,

mehr erklärte er nicht, aber so recht besehen, war das erst der Anfang, denn eines Abends kam das G dran, und der Señorito Lucas sagte ihnen,

das G mit dem A ergibt GA, aber das G mit dem I wird zu CHI, ähnlich wie das Hihihi,

da platzte Paco, dem Kurzen, der Kragen, das ging ihm nun doch zu weit, verdammt, sie waren zwar ungebildet, aber nicht blöde, und aus welchem Grund mussten das E und das I immer den Vorzug haben, und der Señorito Lucas lachte auch noch, der Mann wäre ja beinahe gestorben vor Lachen, ein nervöser Lachkrampf, und wie immer hieß es, er sei ein Niemand und so seien die Regeln der Grammatik nun mal und an den Regeln der Grammatik könne er nichts ändern, aber wenn sie sich getäuscht fühlten, könnten sie ja immer noch an die von der Akademie schreiben, er jedenfalls beschränke sich darauf, ihnen die Dinge so darzulegen, wie sie seien, ohne dem weiter auf den Grund zu gehen, doch Paco, dem Kurzen, passten diese Ungereimtheiten nicht, und seine Entrüstung steigerte sich ins Unermessliche, als der Señorito Lucas ihnen eines Abends gekonnt ein großes H an die Tafel malte und, nachdem er mit energischem Händeklatschen um Aufmerksamkeit ersucht hatte, warnte, äußerste Vorsicht bei diesem Buchstaben, der ist ein beispielloser Ausnahmefall, Freunde, dieser Buchstabe ist stumm,

da dachte Paco, der Kurze, bei sich, sieh an, genau wie die Charito, denn die Charito machte niemals den Mund auf, sie sprach nie, nur manchmal stieß sie einen jämmerlichen Klagelaut aus, der das Haus bis in die Grundfesten erschütterte, doch angesichts dieser Vorstellung des Señorito Lucas verschränkte Facundo, der Schweinehirt, seine Pranken vor seinem vorgewölbten Bauch und sagte,

was soll das schon wieder heißen, der ist stumm, sieh mal einer an, die anderen sagen doch auch nichts, wenn wir ihnen nicht unsere Stimme leihen,

und der Señor Lucas, der Lange, der mit den Geheimratsecken,

dass man ihn nicht hört, nun, das ist so, als gäbe es ihn gar nicht, der hat keinerlei Bedeutung,

und Facundo, der Schweinehirt, ungerührt in seiner äbtlichen Haltung verharrend,

das ist ja mal ein Ding, und wofür braucht man ihn dann?,

eine Frage der Ästhetik,

räumte er ein,

lediglich zum Verzieren der Wörter, damit der nachfolgende Buchstabe nicht so schutzlos dasteht, aber dennoch gilt, wer das H nicht richtig platziert, verstößt gegen die Grammatikregeln,

und Paco, der Kurze, war schon ganz kirre, von Mal zu Mal verwirrter, doch am Morgen sattelte er die Stute, um die Außengrenze zu kontrollieren, denn das war seine Aufgabe, obwohl er sich, seit der Señorito

Lucas ihnen mit diesen Buchstaben gekommen war, verändert hatte, ständig schien er zu grübeln, der Mann, und konnte an nichts anderes mehr denken, und kaum hatte er sich im Galopp vom Hof entfernt, stieg er ab und setzte sich unter einen schattigen Erdbeerbaum, um nachzugrübeln, und wenn sich die Gedanken in seinem Kopf verhedderten wie die Kirschen, nahm er Kieselsteine zu Hilfe, die weißen waren das E und das I, die grauen das A, das O und das U, und dann machte er sich daran, Kombinationen auszuprobieren, um zu sehen, wie sie jeweils klingen mussten, aber er wurde nicht schlau daraus, und abends auf dem Strohsack vertraute er seine Zweifel dann der Régula an und kam allmählich vom Hölzchen aufs Stöckchen, und die Régula,

schweig still, Paco, der Rogelio kann nicht schlafen,

und wenn Paco, der Kurze, insistierte, sie,

he, schweig still, Paco, wir sind nicht mehr für Spielchen,

da erscholl plötzlich das herzzerreißende Geschrei der Kleinen, und Paco gab auf bei dem Gedanken, irgendein verborgenes Übel müsse er da unten haben, um ein Mädchen, nutzlos und stumm wie das H, gezeugt zu haben, zum Glück war wenigstens die Nieves aufgeweckt, er hatte sich ja geweigert, die Nieves auf diesen Namen zu taufen, weiß wie Schnee, das passte einfach nicht, er, selbst so dunkel und kastanienbraun, hätte sie lieber Herminia genannt, wie seine Großmutter oder wie auch immer, aber in dem Sommer hatte eine sengende Gluthitze geherrscht, und Don Pedro, der Gutsverwalter, hatte steif und fest behauptet, die Temperatur sänke nicht mal nachts unter 35 Grad, was für ein Sommerchen, Jesses Maria, wie noch keines seit Menschengedenken, selbst die Vögel waren vor Hitze eingegangen, und die Régula, sowieso schon hitzig, hatte gejammert,

oje, heilige Muttergottes, was für eine Gluthitze, und nicht die Spur eines Lüftchens weht, weder am Tag noch nachts,

und nachdem sie sich eine Weile kraftlos mit einem Palmenwedel, nur leicht bewegt vom Gelenk des rechten Daumens, der platt und breit gequetscht war wie ein Spachtel, befächelt hatte, hatte sie noch hinzugefügt,

das ist eine Strafe, Paco, ich werde die Jungfrau vom Schnee bitten, diese Geißel zu beenden,

aber die Hundstage hatten nicht enden wollen, weshalb sie eines Sonntags, ohne es jemandem zu sagen, den Heiler von Almendral aufgesucht und nach ihrer Rückkehr zu Paco gesagt hatte,

Paco, der Heiler hat gesagt, wenn dieser Bauch ein Mädchen ist, soll es Nieves heißen, nicht dass etwa noch, weil man mir meinen Wunsch abschlägt, das Mädchen mit einem Muttermal zur Welt kommt,

da hatte Paco an die Kleine gedacht und nachgegeben,

also gut, dann eben Nieves,

aber die Nieves, die bereits als kleine Rotznase den Dreck der Zurückgebliebenen gesäubert und ihr die Unterhosen gewaschen hatte, kam nicht mehr dazu, die Schule auf dem Herrengut zu besuchen, denn zu der Zeit lebten sie bereits auf dem Grenzgut von Abendújar, wo Paco, der Kurze, ihr jeden Morgen, bevor er aufsattelte, beibrachte, was das B mit dem A, das C mit dem A und das C mit dem I machte, und das Mädchen antwortete, aufgeweckt wie es war, sobald er beim Z ankam und ihr sagte,

das Z mit dem I ergibt ZI,

ohne zu zögern,

dieser Buchstabe ist überflüssig, Vater, dafür ist das C da,

und Paco, der Kurze, lachte, bemüht, sein Lachen feierlich aufzublasen, das Gelächter vom Señorito Lucas nachäffend,

erzähl das mal denen von der Akademie,

und abends, mit stolzgeschwellter Brust, sagte er zur Régula,

dieses Mädchen ist ganz schön auf Draht,

und die Régula, die zu der Zeit schon reichlich drall geworden war,

na ja, nimm ihr Talent und das der anderen,

welcher anderen?,

und die Régula, ohne ihr gewohntes Phlegma zu verlieren,

na, der Kleinen, was denkst du denn, Paco?,

und Paco,

von dir hat sie das Talent,

dann ging es mit ihm durch, und sie,

he, sei still, da findest du die Talente nicht,

doch Paco, der Kurze, kam immer mehr in Fahrt, bis unverhofft das Geheul der Kleinen die nächtliche Stille zerriss und Paco erstarrte, entwaffnet, und schließlich sagte er,

Gott behüte dich, Régula, schlaf gut,

und mit den Jahren gewöhnte er sich immer mehr an den Grenzhof von Abendújar, die schilfgedeckte

Hütte mit dem Laubengang, die improvisierte Veranda, den Brunnen und die riesige schattenspendende Korkeiche, die Ansammlung der über die ersten Gebirgsausläufer verstreuten Felsbrocken, das laue Bächlein mit den am Ufer faulenzenden Schildkröten, doch eines Morgens im Oktober, als Paco, der Kurze, aus der Tür trat wie jeden Morgen, hob er, kaum war er draußen, den Kopf, blähte die Nüstern und sagte,

da naht ein Pferd,

und die Régula neben ihm schirmte mit der rechten Hand die Augen ab und richtete den Blick auf den Weg,

he, keine Menschenseele in Sicht, Paco,

doch Paco, der Kurze, schnupperte weiter wie ein Spürhund,

das ist der Crespo, wenn ich mich nicht irre,

ergänzte er noch, denn Paco, der Kurze, hatte nach Aussage des Señorito Iván eine feinere Spürnase als ein Pointer, der schon von weitem Witterung aufnimmt, und tatsächlich, kaum eine Viertelstunde war vergangen, da erschien Crespo, der Oberaufseher, auf dem Hof,

Paco, pack deine Siebensachen und kehr auf den Landsitz zurück,

sagte er ohne großes Drumherum, und Paco,

wie das?,

daraufhin Crespo,

Don Pedro, der Verwalter, hat es angeordnet, mittags kommt der Lucio her, du hast hier ausgedient,

da luden Paco und die Régula in der Abendfrische ihren Hausrat auf den Planwagen und machten sich auf den Rückweg, obendrauf, bequem zwischen den mit Wolle gefüllten Schlafsäcken, die Jungen und weiter hinten die Régula mit der Kleinen, die pausenlos schrie, mit herabbaumelndem Kopf, mal zur einen, mal zur anderen Seite, und schlaffen dürren Beinchen unter dem Kittel, während Paco, der Kurze, den Wagen auf seiner braven Stute als stolze Nachhut geleitete und der Régula mit laut erhobener Stimme, um das Rattern der Räder in den Fahrrinnen zu übertönen, zwischen einem Gebrüll der Kleinen und dem nächsten verkündete,

jetzt kann die Nieves in die Schule, und Gott weiß, wie weit sie noch kommen wird, so aufgeweckt, wie sie ist,

und die Régula,

na, schauen wir mal,

und von seiner majestätischen Höhe herab fügte Paco, der Kurze, hinzu,

die Jungen sind schon alt genug, um zu arbeiten, sie werden eine Hilfe im Haus sein,

und die Régula,

na, schauen wir mal,

und, ganz euphorisch bei dem Geratter und der Neuigkeit, fuhr Paco, der Kurze, fort,

vielleicht hat das neue Haus ja ein Zimmer mehr, und wir können wieder jung sein,

da seufzte die Régula nur, während sie die Kleine wiegte, ihr, heftig um sich schlagend, die Mücken verscheuchte und über dem Weg und den schwarzen Steineichen ein Stern nach dem anderen aufleuchtete, und mit einem Blick nach oben und einem erneuten Seufzer sagte die Régula,

na, um wieder jung zu sein, müsste die hier still sein,

und als sie den Gutshof erreichten, erwartete Crespo, der Oberaufseher, sie bereits vor ihrem alten Haus, demselben, das sie vor fünf Jahren zurückgelassen hatten, mit der Steinbank vor der Tür, die gesamte Hauswand entlang, den verwahrlosten Geranienbeeten und der warme Schatten spendenden Weide mittendrin, und Paco betrachtete alles bedrückt, drehte den Kopf von einer Seite zur anderen und senkte schließlich den Blick,

was soll's!,

sagte er resigniert,

wenn Gott es so will,

nicht weit von ihnen befand sich Don Pedro, der Verwalter, und erteilte Befehle,

guten Abend, Don Pedro, da sind wir wieder, zu Ihren Diensten,

einen guten Abend, gebe Gott, Paco, was gibt's Neues auf dem Grenzgut?,

und Paco,

nichts Neues, Don Pedro,

und während sie abluden, folgte Don Pedro ihnen vom Wagen zur Haustür und von der Haustür zum Wagen,

also, Régula, du wirst wieder das Hoftor bedienen wie früher und den Riegel zurückschieben, sobald du den Wagen kommen hörst, du weißt ja, weder die Señora noch der Señorito Iván kündigen sich an, und sie mögen es gar nicht, zu warten,

und die Régula,

mmm, zu Befehl, Don Pedro, dafür sind wir ja da,

und Don Pedro,

bei Tagesanbruch lässt du die Truthähne raus und

säuberst die Hühnerställe, denn sonst ist der Gestank
ja nicht zum Aushalten, die reinste Pest, und du weißt
ja, die Señora ist gütig, aber sie mag es, wenn die Dinge
ihre Ordnung haben,

und die Régula,

mmm, zu Befehl, Don Pedro, dafür sind wir ja da,

und Don Pedro, der Verwalter, gab weiter Anweisun-
gen und immer weiter, und zum Schluss neigte er den
Kopf zur Seite und biss sich von innen auf die linke
Wange, als läge ihm noch etwas auf der Zunge, als hätte
er etwas enorm Wichtiges noch nicht erwähnt, und die
Régula unterwürfig,

war noch was, Don Pedro?,

und Don Pedro, der Verwalter, kaute nervös auf seiner Wange, während sein Blick zur Nieves wanderte,
aber er sagte nichts, bis er sich schließlich, als es schon
schien, als wollte er gehen, abrupt zur Régula umwandte und stammelte,

da ist noch eine andere Sache,

ohne die Zähne auseinanderzukriegen,

eigentlich sind das Dinge, die Frauen unter sich regeln müssten, aber …,

die Pause wurde immer drückender, und schließlich
die Régula unterwürfig,

sagen Sie schon, Don Pedro,

und Don Pedro,

ich meine das Mädchen, Régula, das Mädchen
könnte gut meiner Señora im Haus zur Hand gehen,
denn, ehrlich gesagt, ist sie etwas lustlos hinsichtlich
der Haushaltsführung,

er lächelte verdrießlich,

sie mag ihre Arbeit nicht, na ja, und das Mädchen ist

schon groß, unglaublich, wie prächtig sich dieses Mädchen in kurzer Zeit gemacht hat,

und mit jedem Wort, das Don Pedro, der Verwalter, sagte, schrumpfte Paco, der Kurze, weiter in sich zusammen, genau wie seine Manneskraft, wenn die Kleine mitten in der Nacht losschrie, während er zur Régula hinüberblickte und die Régula zu Paco, dem Kurzen, und schließlich blähte er die Nüstern, zog die Schultern ein und sagte,

zu Befehl, Don Pedro, dafür sind wir ja da,

und plötzlich, aus heiterem Himmel, weiteten sich Don Pedros Pupillen, und der Verwalter faselte drauflos, als wollte er sich unter dem Schwall seiner Worte verkriechen, und war gar nicht mehr zu halten,

heutzutage wollen ja alle Señoritos sein, weißt du, Paco, nicht mehr so wie früher, heute will sich keiner mehr die Hände schmutzig machen, die einen zieht's in die Hauptstadt, die anderen ins Ausland, bloß kein Stillstand, das ist jetzt Mode, weißt du, so, glauben sie, ist das Problem gelöst, stell dir vor, doch bestenfalls leiden sie dann Hunger, sterben vor Langeweile, was weiß ich, aber dem Mädchen soll es im Haus an nichts fehlen, das sag ich nicht nur so,

und die Régula und Paco, der Kurze, nickten mit dem Kopf, während sie sich mit flüchtigen Blicken verständigten, aber Don Pedro, der Verwalter, achtete nicht darauf, zu aufgeregt war Don Pedro, der Verwalter,

wenn ihr nichts dagegen habt, erwarten wir das Mädchen gleich morgen bei uns im Haus, und damit ihr sie nicht vermisst und sie nicht noch aufplustert, denn wir alle wissen ja, was die jungen Burschen sich heutzutage herausnehmen, kann sie nachts hier schlafen,

und nach einer Menge Getue und Gewirbel verschwand Pedro, der Verwalter, woraufhin die Régula und Paco, der Kurze, sich daranmachten, wortlos ihre Habseligkeiten einzuräumen, anschließend aßen sie zu Abend, und als sie sich nach der Mahlzeit ans Feuer setzten, platzte just in dem Moment Facundo, der Schweinehirt, herein,

du hast ja Nerven, Paco, im Oberhaus hält es selbst der Allmächtige nicht aus, du kennst ja Doña Purita, wie mit Nadeln gestochen in ihrer hysterischen Art, nicht mal er kann sie noch ertragen,

doch da weder die Régula noch Paco, der Kurze, etwas erwiderten, beeilte er sich hinzuzufügen,

du kennst sie nicht, Paco, wenn du mir nicht glaubst, frag doch die Pepa, die war dort beschäftigt,

aber die Régula und Paco blieben stumm, und angesichts dessen machte Facundo, der Schweinehirt, auf dem Absatz kehrt und verschwand wieder, und am nächsten Morgen stellte Nieves sich pünktlich im Oberhaus ein, am darauffolgenden Tag genauso, bis es zur Gewohnheit wurde und die Tage unmerklich dahingingen, und als es Mai wurde, erschien eines Tages der Carlos Alberto, Señorito Iváns Ältester, um in der Hofkapelle die Kommunion zu empfangen, und zwei Tage später, nach einer Menge Vorbereitungen, traf die Señora Marquesa mit dem Bischof in der großen Limousine ein, und als die Régula ihnen das Hoftor öffnete, wusste sie, ganz geblendet von all dem Purpur, nicht wie reagieren, und in ihrer Verlegenheit neigte sie zunächst zweimal den Kopf, knickste und bekreuzigte sich, aber die Señora Marquesa bedeutete ihr von ihrer unerreichbaren Höhe herab,

den Ring, Régula, den Ring,

und da machte sich die Régula daran, den Bischofs-ring abzuküssen, während der Bischof lächelnd diskret seine Hand zurückzog, um sich dann peinlich berührt auf den Weg zwischen den üppigen Blumenbeeten ins Herrenhaus zu begeben, das er unter den Huldigungen der Schweinehirten und Tagelöhner betrat, und tags darauf wurde das Fest groß gefeiert, und nach der reli-giösen Zeremonie in der kleinen Kapelle versammelte sich das Gesinde im Hof bei Schokolade und Migas, während sie,

hoch lebe der Señorito Carlos Alberto!,

und,

hoch lebe die Señora!,

jubelten, nur die Nieves konnte nicht teilnehmen, da sie die Gäste im Herrenhaus bediente, und das tat sie mit äußerster Gewissenhaftigkeit, räumte die schmutzigen Teller mit der Linken ab und ersetzte sie mit der Rechten, und wenn es an der Zeit war, die Schüsseln zu reichen, neigte sie sich leicht über die linke Schulter des Tischgasts, den rechten Unterarm hinterm Rücken, mit einem Lächeln auf den Lippen, so elegant und diskret, dass sie der Señora auffiel, die Don Pedro, den Verwalter, fragte, wo er denn diese Perle aufgetrieben habe, und Don Pedro, der Verwalter, überrascht,

das ist die von Paco, dem Kurzen, dem Wachmann und Jagdhelfer von Iván, der bis vor ein paar Monaten auf dem Grenzgut von Abendújar war, die Jüngste, die hat sich urplötzlich so prächtig herausgemacht, und die Señora,

die von der Régula?,

und Don Pedro, der Verwalter,

ja genau, die von der Régula, Purita hat ihr in vier Wochen den nötigen Schliff verpasst, das Mädchen ist aufgeweckt,

und die Señora ließ Nieves nicht mehr aus den Augen, beobachtete jede ihrer Bewegungen, und bei einer Gelegenheit sagte sie zu ihrer Tochter,

Miriam, hast du mal auf dieses Mädchen geachtet?, wie adrett, was für Manieren, noch ein wenig Schliff und sie würde sich gut als erste Zofe machen,

und die Señorita Miriam nahm die Nieves unauffällig in Augenschein,

ja wirklich, die Kleine ist nicht übel,

sagte sie,

vielleicht für meinen Geschmack eine Spur zu üppig hier,

dabei zeigte sie auf ihre Brust, aber die Nieves fühlte sich, atemlos und allem entrückt, wie verwandelt durch die Anwesenheit des jungen Burschen, dieses Carlos Alberto, so blond, so adrett, in seinem weißen Matrosenanzug, mit dem weißen Rosenkranz und dem weißen Messbüchlein, so dass sie ihn, als sie ihm auftrug, völlig verzückt anlächelte wie einen Erzengel, und als sie abends heimkehrte, sagte sie, obwohl völlig zerschlagen von der Hektik des Tages, gleich als Erstes zu Paco, dem Kurzen,

Vater, ich möchte zur Kommunion gehen,

aber so drängend, dass Paco, der Kurze, erschrak,

was sagst du da?,

und sie, unbeirrt,

dass ich zur Kommunion will,

da fasste Paco, der Kurze, sich mit den Händen an die Mütze, als müsste er sich den Kopf stützen,

darüber wird man erst mit Don Pedro reden müssen, Kind,

und als Don Pedro, der Verwalter, aus dem Mund von Paco, dem Kurzen, vom Ansinnen der Kleinen erfuhr, brach er in Gelächter aus, legte die Handflächen aufeinander und blickte ihm fest in die Augen,

mit welcher Berechtigung, Paco, sag, mit welcher Berechtigung will die Kleine die Kommunion empfangen?, die Kommunion ist nicht bloß so eine Laune, die Sache ist zu ernst, um damit zu spaßen, Paco,

da fügte sich Paco, der Kurze, mit gesenktem Nacken,

wenn Sie es sagen,

doch die Nieves blieb stur und gab nicht auf, und angesichts der passiven Reaktion von Don Pedro, dem Verwalter, wandte sie sich an Doña Purita,

Señorita, ich bin vierzehn Jahre alt und spür hier drinnen so ein Verlangen,

und zunächst starrte Doña Purita sie entgeistert an, um dann ihren sehr roten, sehr scharf konturieren, leicht zahnigen Mund zu öffnen,

was für Flausen, Kindchen, ist es nicht vielleicht eher ein Hirtenjunge, was du brauchst?,

gefolgt von Gelächter und einem erneuten,

was für Flausen!,

und seither galt Nieves' Wunsch im Oberhaus wie im Herrenhaus als Spinnerei und diente jedes Mal als Pausenfüller, wenn der Señorito Iván Gäste hatte und die Unterhaltung unversehens erlahmte oder ins Stocken geriet, dann wies Doña Purita mit ihrem entzückenden rosigen Zeigefinger auf Nieves und verkündete lauthals,

da habt ihr die Kleine, die sich plötzlich in den Kopf gesetzt hat, die Kommunion zu empfangen,

und rund um den großen Tisch ein Ausruf des Erstaunens, amüsierte Blicke und anhaltendes Raunen, fast wie ein Aufruhr, und in der Ecke ein ersticktes Lachen, und kaum hatte die Kleine den Raum verlassen, sagte der Señorito Iván,

schuld an alldem ist dieses verfluchte Konzil,

woraufhin einer der Gäste aufhörte zu essen und ihn mit dem Blick fixierte, fast wie bei einem Verhör, so dass der Señorito Iván sich genötigt sah zu erklären,

auf was für Ideen diese Leute kommen, die bilden sich tatsächlich ein, man müsse sie behandeln wie Menschen, wie soll das gehen, da seht ihr's doch, aber sie können ja nichts dafür, schuld ist dieses verfluchte Konzil, das sie verführt,

und in solchen Fällen oder ähnlichen verdrehte Doña Purita schmachtend ihre mit Wimperntusche geschwärzten Augen, wandte sich dem Señorito Iván zu und strich ihm mit der Spitze ihrer Stupsnase übers Ohrläppchen, woraufhin der Señorito Iván sich über sie beugte, ihr dreist in die Tiefen ihres hübschen Dekolletés blickte mit der Bemerkung, nur um etwas zu sagen und sein Benehmen zu rechtfertigen,

was meinst du, Pura, du kennst sie doch?,

dabei beobachtete sie Don Pedro, der Verwalter, der ihnen fast gegenübersaß, ohne mit der Wimper zu zucken, biss sich von innen auf die verhärmte Wange, drauf und dran, die Fassung zu verlieren, und als die

Gäste fort und er und Doña Purita im Oberhaus wieder allein waren, geriet er außer sich,

du ziehst den halbschaligen BH nur an und trägst das tiefe Dekolleté zur Schau, wenn er kommt, um ihn zu provozieren, oder hältst du mich für so blauäugig?,

stammelte er, und jedes Mal, wenn sie aus der Stadt zurückkehrten, vom Kino oder Theater, das gleiche Lied – noch bevor sie aus dem Wagen stiegen, konnte man sie hören,

du Flittchen, verdorbenes Flittchen!,

aber Doña Purita summte nur vor sich hin, ohne ihn zu beachten, stieg aus dem Wagen und sagte dann auf der Treppe, tänzelnd, mit Schmollmund und wiegenden Hüften, auf ihre zierlichen Füße blickend,

wenn Gott mir schon diese Reize mitgegeben hat, werde ich mich wohl kaum ihrer schämen,

und Don Pedro, der Verwalter, folgte ihr mit hochroten Wangen und bleichen Ohrläppchen,

es geht nicht darum, was du hast, sondern darum, was du zeigst, und dass du ein größeres Schauspiel bietest als die auf der Bühne,

und immer so weiter, doch Doña Purita verlor nie ihre Gelassenheit, sie betrat die große Eingangshalle, die Hände auf der Taille, mit übertrieben wiegenden Hüften, ohne mit dem Summen aufzuhören, und er schlug laut die Tür zu, lief zum Waffenschrank und griff zur Peitsche,

ich werde dich noch Mores lehren, na warte, du!,

zeterte er, und sie blieb vor ihm stehen, hörte auf zu singen und blickte ihm fest in die Augen, herausfordernd, ich weiß, dass du es nicht wagen wirst, aber solltest du mich jemals mit diesem Ding da anrühren, siehst du mich nie wieder,

nach diesen Worten kehrte sie ihm den Rücken und zog sich, erneut hüftschwingend, in ihre Gemächer zurück, und er hinterher, mit anhaltendem Gezeter und wild fuchtelnden Armen, doch es klang eher wie ein stoßweises Heulen, und wenn sich die Krise zuspitzte, überschlug sich seine Stimme, er schleuderte die Peitsche aufs Mobiliar, dann brach er in Schluchzen aus und winselte japsend,

du machst dir einen Spaß daraus, mich leiden zu lassen, Pura, ich tue das alles doch nur, weil ich dich liebe,

aber Doña Purita machte weiter mit ihrem Schmollmund und ließ die Hüften kreisen,

da hätten wir mal wieder unsere kleine Szene,

und um sich abzulenken, stellte sie sich vor den großen Schrankspiegel und betrachtete sich in verschiedenen Posen, neigte den Kopf zur Seite, schüttelte das Haar, lächelte sich immer breiter an, bis die Mundwinkel verkrampften, während Don Pedro, der Verwalter, sich bäuchlings aufs Bett warf und, das Gesicht in den Händen vergraben, losheulte wie ein Kind, und die Nieves, die mehr oder weniger Zeugin dieser Szene wurde, packte ihre Sachen zusammen und machte sich langsam auf den Heimweg, und falls sie Paco, den Kurzen, zufällig noch wach antraf, sagte sie,

da sind heute wieder die Fetzen geflogen, Vater, die haben sich die Hölle heißgemacht,

Don Pedro?,

sagte Paco, der Kurze, ungläubig,

Don Pedro,

und Paco, der Kurze, fasste sich mit beiden Händen an den Kopf, als wollte er ihn festhalten, als drohte er zu platzen, und sagte dann augenzwinkernd mit gesenkter Stimme,

Mädchen, dich gehen diese Streitereien nichts an, für dich gilt: hören, sehen, schweigen,

doch am Tag nach einem solchen Zoff wurde auf dem Gutshof die spektakulärste Treibjagd zu Allerheiligen gefeiert, und Don Pedro, der Verwalter, der ein mäßiger Schütze war, traf partout nicht, kein einziges Rebhuhn, und der Señorito Iván am Standort nebenan, der gerade vier Vögel einer Kette erlegt hatte, zwei von vorn und zwei von hinten, bemerkte hämisch zu Paco, dem Kurzen,

hätte ich es nicht gesehen, würde ich es nicht glauben, wann packt es dieser Schlappschwanz endlich, er kriegt sie direkt vor die Flinte, und nicht mal eine Feder fliegt, glaubst du's, Paco?,

wie nicht, Señorito Iván, das sieht ja ein Blinder,

und der Señorito Iván,

der war nie ein großer Schütze, aber das ist nicht mehr normal, so oft wie der danebenschießt, mit dem Trottel stimmt was nicht,

das nicht, aber mit der Jagd ist es wie mit der Lotterie, heute Glück, morgen Pech, das kennt man ja,

und der Señorito Iván zielte ein ums andere Mal reflexartig, mit erstaunlich schnellen Reaktionen, und bemerkte zwischen peng, peng und peng, peng, den seitlich verzerrten Mund an den Gewehrkolben gepresst, mit der Lotterie bis zu einem gewissen Punkt, Paco, machen wir uns nichts vor, die Vögel, die dieser Schlappschwanz vor die Flinte kriegt, die könnte man glatt mit der Mütze herunterholen,

und nachmittags, zum Mittagessen im Herrenhaus, präsentierte sich Doña Purita erneut mit ihrem halbschaligen BH und dem freigiebigen Ausschnitt, und schon machte sie dem Señorito Iván wieder schöne Augen, hier ein Lächeln, dort ein Plinkern, während Don Pedro, der Verwalter, an seiner Ecke des Tischs verschmachtete und sich von innen auf seine ausgezehrte Wange biss, unschlüssig, wie er reagieren sollte, so fahrig, dass er kaum das Besteck ruhig halten konnte, und als sie, Doña Purita, ihren Kopf über Señorito Iváns Schulter neigte, ihm um den Bart ging und beide anfingen, miteinander zu turteln, richtete Don Pedro, der Verwalter, sich halb auf, hob den Arm mit ausgestrecktem Zeigefinger und tönte laut, um aller Aufmerksamkeit auf sich zu lenken,

da habt ihr die Kleine, die sich plötzlich in den Kopf gesetzt hat, die Kommunion zu empfangen!,

und der Nieves, die gerade den Tisch abräumte, versetzte es einen Schlag in die Magengrube, so dass sie keine Luft mehr bekam und wankte, doch sie lächelte freundlich, obwohl Don Pedro, der Verwalter, unerbittlich weiter mit seinem anklagenden Zeigefinger lauthals wie ein Wahnsinniger tönte, völlig außer sich, während die anderen lachten,

nicht dass es dir noch zu Kopf steigt, Mädchen, und du einen Scherbenhaufen anrichtest,

bis die Señorita Miriam sich erbarmte und ihr zur Seite sprang, was ist denn so schlimm daran,

und Don Pedro, der Verwalter, senkte etwas versöhnlicher den Kopf und brummte in seinen kaum zur Hälfte bewegten Schnurrbart hinein,

ich bitte dich, Miriam, diese Kleine hier hat von nichts eine Ahnung, und ihr Vater hat weniger Grips im Hirn als ein Schwein, was für eine Kommunion könnte sie schon empfangen?,

da reckte die Señorita Miriam den Hals mit erhobenem Kopf und fragte scheinbar erstaunt,

unter so vielen Leuten sollte es niemanden geben, der in der Lage wäre, sie darauf vorzubereiten?,

wobei ihr Blick unverwandt Doña Purita auf der gegenüberliegenden Seite des Tischs fixierte, doch es war Don Pedro, der Verwalter, der verlegen wurde, und abends, zurück im Oberhaus, sagte er wie beiläufig zur Nieves,

du wirst mir doch nicht böse sein wegen der Sache von heute Nachmittag, nicht wahr, Mädchen, es war doch nur ein Scherz,

doch in Gedanken war er nicht bei dem, was er sagte, sondern ging schnurstracks zu Doña Purita, und als er bei ihr war, legte er ihr mit zusammengekniffenen Augen und eingezogenen Wangen die zitternden Hände auf die zarten nackten Schultern und sagte,

darf man mal erfahren, was du vorhast?,

doch Doña Purita riss sich mit einer verächtlichen Geste los und fing wieder mit ihrem Schmollmund und Gesumme an, woraufhin Don Pedro, völlig außer sich, wieder die Peitsche packte und hinter ihr herlief,

das werde ich dir nie verzeihen, du miese Schlampe!,

kreischte er, und vor lauter Wut verschluckte er sich an seinen Worten, doch wenige Minuten nachdem er das Schlafzimmer betreten hatte, hörte die Nieves, wie er sich auf das Bett warf und unterdrückt ins Kissen schluchzte.

DRITTES BUCH

Der Milan

UNTERDESSEN FAND sich der Azarías auf dem Gutshof ein, und die Régula begrüßte ihn und breitete ihm den Strohsack wie üblich neben dem Küchenherd aus, doch der Azarías plusterte sich auf, brummte etwas vor sich hin und würdigte sie keines Blickes, während er etwas im leeren Mund zerkaute, woraufhin seine Schwester,

hast du was, Azarías, du wirst doch nicht krank sein?,

doch der Azaría grunzte nur, den leeren Blick ins Feuer gerichtet, und presste den zahnlosen Kiefer zusammen,

na, dir ist doch nicht noch der andere Milan weggestorben, oder, Azarías?,

und der Azarías, nach langem Sichsträuben,

der Señorito hat mich rausgeworfen,

und die Régula,

der Señorito?,

und der Azarías,

er hat gesagt, ich bin zu alt,

und die Régula,

na, das kann dir dein Señorito doch nicht sagen, denn wenn du alt geworden bist, dann an seiner Seite, und der Azarías,

ich bin ein Jahr älter als der Señorito,

wobei er, brummend und das Nichts zerkauend, auf seinem Hocker saß, die Ellenbogen auf die Schenkel gestützt und den Kopf zwischen den Händen, während er mit leerem Blick ins Feuer starrte, doch dann ertönte unverhofft das Geschrei der Kleinen, und Azarías' Augen leuchteten auf, seine Lippen entspannten sich zu einem sabbernden Grinsen, und er sagte zu seiner Schwester,

bring mir die Kleine her, na los,

und die Régula,

na, sie wird schmutzig sein,

und der Azarías,

gib mir die Kleine,

und auf sein Drängen hin erhob sich die Régula und kehrte mit der Charito zurück, deren Körper nicht größer war als der eines Hasen, mit krummen, scheinbar knochenlosen Beinchen wie bei einer Stoffpuppe, doch der Azarías nahm sie mit zitternden Händen entgegen, bettete sie auf seinem Schoß, stützte ihr Köpfchen behutsam mit seinem kräftigen Arm unter der Achselhöhle ab und kraulte sie sanft zwischen den Brauen, während er murmelte,

hübscher Milan, hübscher Milan,

und als Paco, der Kurze, von seinem Nachmittagsrundritt heimkehrte, lief ihm die Régula ein Stück entgegen,

he, wir haben Besuch, Paco, du ahnst ja nicht, wer gekommen ist,

und Paco, der Kurze, schnupperte einen Moment und sagte dann, dein Bruder ist da,

und sie,

richtig, aber diesmal nicht nur für eine Nacht oder zwei, sondern um zu bleiben, er sagt, der Señorito hat ihn gefeuert, wer weiß das schon, da muss man mal nachfragen,

und am nächsten Morgen sattelte Paco, der Kurze, sobald es tagte, die Stute, durchquerte in vollem Galopp die Talsohle, den Steineichenwald und das Zistrosenfeld und traf, eskortiert vom Gebell der Hirtenhunde, auf dem Gutshof des Señorito und Dienstherrn des Azarías ein, doch der Señorito ruhte, so dass Paco, der Kurze, absaß und für eine Weile ein Schwätzchen mit der Lupe, der von Dacio, dem Schweinehirten, hielt,

völlig verlaust, das ist er, die ganze Kammer voller Scheiße, und als sei das nicht genug, pinkelt er sich auch noch auf die Hände, der kennt wohl keinerlei Scham,

und Paco, der Kurze, gab ihr recht, aber,

das ist doch nichts Neues, Lupe,

und die Lupe,

nein, neu ist das nicht, aber auf Dauer reicht es einem,

und so in einem fort mit ihrer endlosen Litanei von Klagen, bis der Señorito erschien und Paco sich erhob, wie es sich gehörte,

einen guten Tag,

einen guten Tag, so Gott will, Señorito,

dabei nahm er die Mütze ab und ließ sie zwischen den Händen kreisen, als sei sie ihm lästig, und schließlich,

Señorito, der Azarías sagt, Sie hätten ihn entlassen, wie kann das sein nach all den Jahren,

mal sehen, ob wir uns verstehen, wer bist du überhaupt, wer hat dich gebeten, dich einzumischen?,

und Paco, der Kurze, eingeschüchtert,

Verzeihung, der Schwager vom Azarías, der vom Hof Pilón, der Señora Marquesa, im Dienst von Crespo, dem Oberverwalter, Sie wissen schon,

und der Señorito des Azarías,

ach ja!,

wobei er langsam mit dem Kopf nickte, die Augen geschlossen, als dächte er nach, um schließlich zu bestätigen,

also, der Azarías hat nicht gelogen, es stimmt, ich habe ihn entlassen, sag du mir, ein Kerl, der sich auf die Hände pinkelt, ich kann doch keine Waldschnepfe essen, die er gerupft hat, mit bepissten Händen!, glaubst du's?, das ist eine Sauerei, und sag, wenn er mir nicht mehr die Waldschnepfen rupft, was nützt mir dann ein alter Zottel wie er auf dem Hof,

dabei zeigte er auf seine Stirn und tippte sich heftig mit dem Finger darauf, während Paco, der Kurze, den Blick auf seine Stiefelspitzen gesenkt, weiter die Mütze zwischen den Fingern kreisen ließ, so, vor seinem Geschlecht, und schließlich nahm er allen Mut zusammen,

da sagen Sie, wenn man's recht besieht, wohl schon was Wahres, aber vergessen Sie nicht, mein Schwager hat hier schon gezahnt, demnächst, zu Sankt Eustachius, jährt sich das zum einundsechzigsten Mal, damals war er sozusagen noch ein winziger Stöpsel ..., doch der Señorito unterbrach ihn mit einer Handbewegung,

was immer du willst, aber werd mir nicht laut, das fehlte gerade noch, wenn ich deinen Schwager einundsechzig Jahre lang ertragen habe, bin ich es, der einen Preis verdient, hörst du?, schöne Zeiten sind das, wo man aus reiner Barmherzigkeit einen Einfältigen aufnimmt, der überall in die Ecken macht und, als wäre das nicht genug, sich auf die Hände pinkelt, bevor er mir die Schnepfen rupft, einfach ekelhaft ist das,

und Paco, der Kurze, die kreisende Mütze in Händen, nickte immer eingeschüchterter,

ich kümmere mich drum, Señorito, aber sehen Sie, bei uns im Haus, zwei Zimmer mit vier Kindern, kaum Platz, um sich zu rühren,

und der Señorito,

was immer du willst, aber ich hab hier kein Altenheim, und für solche Fälle ist doch die Familie da, oder nicht?,

und Paco, der Kurze,

wie Sie meinen,

während er sich Schritt für Schritt zurückzog in Richtung Stute, doch als er schon den Fuß in den Steigbügel setzte, kam dem Señorito ein Haufen neuer Argumente über die Lippen,

und hinzu kommt noch, dass der Azarías flucht und meinen Gästen die Ventilkappen von den Rädern ihrer Autos abschraubt, glaubst du's, selbst die des Ministers höchstpersönlich, und du wirst verstehen, dass ich niemanden mehr einladen kann, wenn dieser Spinner …,

dabei wurde seine Stimme immer lauter, je weiter Paco, der Kurze, sich im Trott der Stute entfernte, und ihnen die Luft aus den Reifen lässt ... du wirst verstehen ...,

aber genau genommen war der Azarías nur eine Last, ein zweites Kind neben der Kleinen, wie schon die Régula sagte, einfältig, zwei Einfältige, das sind sie, aber die Charito gab wenigstens Ruhe, der Azarías nie, egal wo, und nachts tat man kein Auge zu bei seinem ständigen Hin und Her und Gehüstel, und wenn er dann noch anfing zu knurren, war das wie ein Hund, und das ununterbrochen bis zum Morgengrauen, wenn er auf den Hof hinaustrat, Speichel kauend, die Hosen bis in die Kniekehlen, und die Schweinehirten, die Wächter und die Tagelöhner immer das gleiche Lied,

Azarías, gehst du angeln?,

und er mit seinem Grinsen ins Leere beim Auskratzen der Hühnerställe, grummelnd, mit seiner zusammengebissenen Zahnlosigkeit, und wenn er fertig war, schnappte er sich mit jeder Hand einen Bottich und sagte,

ich geh Dünger für die Blumen holen,

dann verschwand er durch das Hoftor und verlor sich am Berghang zwischen den Zistrosen und Steineichen auf der Suche nach Antonio Abad, dem Hirten, der um die Stunde noch nicht weit sein konnte, und sobald er auf ihn stieß, trottete er den Schafen gemächlich hinterher, sich immer wieder bückend, um die frischen Kothaufen aufzuklauben, bis die Bottiche voll waren und er sich, Unhörbares vor sich hin brummend, mit klebrig weißen Speichelresten in den Mundwinkeln, auf den Rückweg zum Hof machte, und wenn er dann den Hof betrat, war schon die Pepa da oder der

Abundio oder die Remedios, die vom Crespo, oder wer auch immer,

da kommt ja schon der Azarías mit dem Dünger für die Geranien,

und dann grinste der Azarías, ging an den Blumenbeeten und den Rabatten entlang und verteilte gleichmäßig die runden Mistkügelchen, woraufhin die Pepa, der Abundio, die Remedios oder selbst der Crespo,

der bringt mehr Scheiße auf den Hof, als er beseitigt,

und die Régula mit einer nachsichtigen Geste,

ach, das stört doch keinen, und so ist er wenigstens beschäftigt,

aber der Facundo oder die Remedios oder die Pepa oder selbst der Crespo verzogen das Gesicht,

warte mal ab, bis die Señora kommt,

aber der Azarías war flink und fleißig und kehrte jeden Morgen mit zwei Eimern Schafsmist vom Steineichenwald zurück, mit der Folge, dass nach einigen Wochen die Blumen in den Rabatten aus kegelförmigen Misthäufchen hervorragten, schwarz wie kleine Vulkane, und die Régula ein Machtwort sprechen musste,

he, jetzt nicht noch mehr Mist, Azarías, pass lieber mal eine Weile auf die Kleine auf,

und abends bat sie Paco, den Kurzen, irgendeine Beschäftigung für den Azarías zu suchen, denn die Gärten quollen schon über vor Dünger, und wenn man ihm nichts zu tun gebe, würde ihn auf der Stelle die Lähme befallen, er würde sich zwischen den Erdbeerbäumen ausstrecken, und keiner könnte ihn mehr zum Leben erwecken, aber in jenen Tagen kam Rogelio, der

Junge, schon allein zurecht und fuhr mit dem Traktor auf und ab, einem roten, und jedes Mal, wenn er sah, wie die Régula sich um den Azarías sorgte, sagte er,

ich nehme den Azarías mit, Mutter,

denn der Rogelio war warmherzig und redselig, ganz anders als der Quirce, der von Tag zu Tag wortkarger und abweisender wurde, so dass die Régula sich fragte,

was ist nur mit dem Quirce los in letzter Zeit?,

aber der Quirce äußerte sich nicht dazu, und jedes Mal, wenn er zwei Stunden frei hatte, verschwand er vom Gutshof und kehrte erst abends leicht beschwipst und ernst zurück, nie lächelte er, außer wenn sein Bruder Rogelio den Azarías ermunterte,

Onkel, warum zählen Sie nicht mal die Maiskolben?,

und der Azarías, vom Eifer gepackt, nützlich sein zu können, sich beflissen dem riesigen Maiskolbenberg direkt neben dem Getreidesilo näherte und geduldig zählte,

eins, zwei, drei, vier, fünf...,

und wenn er bei elf angelangt war, sagte,

dreiundvierzig, vierundvierzig, fünfundvierzig,

und dann, ja, dann grinste der Quirce etwas verkrampft und gezwungen, doch einmal pflanzte seine Mutter, die Régula, sich erbost vor ihm auf, breitbeinig, die Hände in den Hüften, mit tadelndem Blick, als wollte sie ihn aufspießen,

he, das ist ja noch schöner, einen arglosen Alten auslachen heißt Gott lästern,

dann ging sie empört die Kleine holen, nahm sie auf die Arme und reichte sie dem Azarías,

hier, nimm sie und wieg sie in den Schlaf, sie ist die Einzige, die dich versteht, und der Azarías nahm die Kleine liebevoll entgegen und wiegte sie, auf der Steinbank neben der Haustür sitzend, in den Schlaf, wobei er alle naslang mit trüber Stimme zahnlos nuschelte,

hübscher Milan, hübscher Milan,

bis beide nahezu gleichzeitig im Halbschatten des Laubengangs mit einem engelsgleichen Lächeln auf den Lippen eindösten, doch eines Morgens fand die Régula beim Kämmen der Kleinen eine Laus zwischen den Kammzinken und suchte erzürnt den Azarías auf,

Azarías, wie lange hast du dich nicht mehr gewaschen?,

und der Azarías,

das ist nur was für Señoritos,

und sie, die Régula,

ach, die Señoritos, aber Wasser kostet doch nichts, du Dreckschwein,

da zeigte der Azarías ohne ein Wort seine Hände vor, erst die eine, dann die andere Seite, mit den angesammelten Dreckkrusten in den Hautfalten, und sagte schließlich verlegen, quasi entschuldigend,

ich pinkle mir jeden Morgen drauf, damit sie nicht schrundig werden,

und die Régula, außer sich,

he, was für eine Sauerei, siehst du nicht, dass du so die Läuse züchtest und sie der Kleinen anhängst?,

aber der Azarías starrte sie nur entgeistert an mit seinen flehentlich gelben Pupillen und gesenktem Kopf, winselnd wie ein Welpe mit seinem zahnlosen, Speichel kauenden Kiefer, bis seine Arglosigkeit und Unterwürfigkeit seine Schwester erweichten,

du mehr als nichtsnutziger Tunichtgut, ich werd

mich wohl um dich kümmern müssen wie um ein zweites Kleinkind,

und am nächsten Nachmittag stieg sie zu Rogelio auf den Anhänger, um nach Cordovilla zum Hachemita zu fahren, wo sie drei Unterhemden kaufte, und, wieder daheim, nahm sie sich den Azarías vor,

du ziehst jede Woche eins an, hast du mich verstanden, Azarías?,

woraufhin der Azarías nickte und das Gesicht verzog, doch als ein Monat verstrichen war, suchte ihn die Régula wieder auf,

he, darf man mal erfahren, wo die Hemden abgeblieben sind, die ich dir besorgt habe?, jetzt ist das bald vier Wochen her, und ich habe dir noch kein einziges gewaschen,

und der Azarías senkte, kaum hörbar murrend, die gelblichen blutunterlaufenen Augen, bis seine Schwester die Geduld verlor und begann, ihn heftig zu schütteln, und als sie ihn so am Revers rüttelte, entdeckte sie darunter die Unterhemden, eins über dem anderen, alle drei, und,

du Schmutzfink, mehr als Schmutzfink, du bist ja schlimmer als die schlimmsten Dreckschweine, zieh das aus, hörst du?, zieh das aus,

und der Azarías zog sich gehorsam die geflickte graubraune Cordjacke aus und dann die Hemden, eins nach dem anderen, alle drei, und entblößte einen herkulischen, mit einem ergrauten Pelz bedeckten Oberkörper, und die Régula,

he, wenn du eins ausziehst, ziehst du das andere an, das saubere, ausziehen und anziehen, das ist die ganze Kunst,

und der Rogelio prustete los, hielt sich dann aber
mit seiner großen braunen Hand den Mund zu, um das
Lachen zurückzuhalten und seine Mutter nicht zu ver-
ärgern, während Paco, der Kurze, auf der Steinbank sitzend, bekümmert die Szenerie beobachtete und dann
mit gesenktem Kopf brummte,

der ist ja noch schlimmer als die Kleine,

und so ging die Zeit dahin, und zu Beginn des Früh-
lings geschah es dem Azarías, dass er unter Wahnvor-
stellungen litt und ihm rund um die Uhr sein Bruder,
der Ireneo, erschien, nachts in Schwarz-Weiß, wie in
ein Skapulier eingerahmt, und tagsüber, wenn er sich
ins Turmkraut legte, farbig, groß und allmächtig vor
dem blauen Hintergrund des Himmels, wie er einmal
Gottvater auf einem Stich gesehen hatte, und dann
stand der Azarías auf und ging zur Régula,

heute war der Ireneo wieder da, Régula,

sagte er, und sie,

ach, schon wieder, lass den armen Ireneo in Frieden,

und der Azarías,

im Himmel ist er,

und sie,

na ja, er hat ja auch niemandem was zuleide getan,

aber die Sache mit dem Azarías sprach sich sofort bis
über die Grenzen des Gutshofs herum, so dass die
Schweinehirten, die Schäfer und die Tagelöhner, die
ihm wie zufällig über den Weg liefen, ihn ständig fragten,

was ist eigentlich mit dem Ireneo?,

und der Azarías zuckte die Schultern,

der ist gestorben, Franco hat ihn in den Himmel ge-
schickt,

und sie, als sei es zum ersten Mal, dass sie ihn danach fragten,

und wann war das, Azarías, wann?,

und der Azarías bewegte einige Male die Lippen, bevor er antwortete,

das ist lange her, zur Zeit der Mauren,

dann stießen sie sich mit den Ellenbogen an, unterdrückten das Lachen und wiederholten,

bist du auch sicher, dass Franco ihn in den Himmel geschickt hat und nicht vielleicht in die Hölle?,

dann schüttelte der Azarías entschieden den Kopf, grinste sabbernd und zeigte nach oben, ins Blaue,

ich sehe ihn jedes Mal dort oben, wenn ich mich ins Turmkraut lege,

aber am schlimmsten war für Paco, den Kurzen, die Dreistigkeit des Azarías, denn sein Schwager verließ ständig, egal, wie spät es war, das Haus, suchte sich irgendeine Ecke, sei es an der Lehmmauer oder in der Gartenlaube oder unter der Weide, ließ die Hosen runter, hockte sich hin und erledigte dort sein Geschäft, so dass Paco, der Kurze, jeden Morgen vor dem Ausritt auf den Hof hinauslief, die Schaufel geschultert wie ein Totengräber, im Bestreben, die Hinterlassenschaft zu beseitigen, um sich anschließend, wenn er zur Régula zurückkehrte, zu beklagen,

dieser Kerl muss ein leckes Rohr haben, anders ist das nicht zu erklären,

und jeden Montag und Mittwoch zeigte sich auf dem Gutshof eine neue Erleichterungsecke, und Paco, hopphopp, schon wieder raus mit der Schaufel und zuschütten, doch trotz seiner Bemühungen schlug ihm – den Nüstern, die ihm nach Aussage des Señorito Iván an Tagen mit guter Laune bis ins Hirn blicken ließen – jedes Mal, wenn er das Haus verließ, der Pestgestank entgegen, und dann verzweifelte er,

es stinkt schon wieder, Régula, dein Bruder ist unverbesserlich!,

und die Régula, ratlos,

na, was soll ich denn tun, das ist halt das Kreuz, das wir tragen müssen,

doch in jenen Tagen begann der Azarías die Jagd nach dem Waldkauz zu vermissen, und jedes Mal, wenn er seinen Schwager zufällig ansprechbar und unbeschäftigt antraf, schmeichelte er sich bei ihm ein,

nimm mich mit in die Berge den Waldkauz jagen, Paco,

sagte er, aber Paco, der Kurze, blieb stumm, als wäre er nicht gemeint, und der Azarías,

nimm mich mit in die Berge den Waldkauz jagen, Paco,

aber Paco, der Kurze, blieb stumm, als wäre er nicht gemeint, bis ihm eines Abends, ohne zu wissen, wie und warum, die Idee kam, die sich wie ein Licht in seinem kleinen Hirn Bahn brach, und er sich versöhnlich an seinen Schwager wandte,

und wenn ich dich in die Berge mitnehme, um den Waldkauz zu jagen, machst du dann dort in den Wald und beschmutzt dich nie mehr auf dem Hof?,

wenn du meinst,

und von da an hievte Paco, der Kurze, den Azarías jeden Abend hinten auf seine Stute und nahm ihn mit auf seinen Erkundungsritt, und wenn es schon dunkel war, saßen sie am Fuße der Berge ab, und während Paco, der Kurze, es sich zwischen den Felsen bequem machte und abwartete, verschwand der Azarías im Dickicht zwischen Zistrosen und Turmkraut, sich geduckt, auf der Lauer wie ein Strolch, durch das Dornengestrüpp windend, und am Ende einer langen Pause hörte Paco, der Kurze, seinen Lockruf,

he, he!,

und danach Stille und schließlich erneut Azarías' leicht näselnde Stimme,

he, he!,

und nachdem er ihn zwei-, drei- oder viermal gerufen hatte, antwortete er endlich,

und dann rannte der Azarías los, schnaubend wie ein Keiler, der Waldkauz mit Geheul hinter ihm her, und manchmal brach er in sein unheimliches Gelächter aus, während Paco, der Kurze, von seinem felsigen Korkeichengelände aus das Knacken der brechenden Äste im Gestrüpp und gleich darauf das schaudererregende Geheul des Waldkauzes vernahm und bald auch sein Gelächter und etwas später dann nichts, bis nach etwa einer Viertelstunde der Azarías wieder auftauchte, Gesicht und Hände dornenzerkratzt, mit sabberndem Grinsen, glücklich,

den habe ich ordentlich gehetzt, Paco,

und Paco, der Kurze, kam gleich zur Sache,

und hast du abgeführt?,

noch nicht, Paco, hatte noch keine Zeit,

und Paco, der Kurze,

na, dann mal los, mach voran,

und der Azarías, immer noch grinsend sich seine rissigen Hände leckend, entfernte sich einige Meter, hockte sich neben ein Wolfsmilchgesträuch, um sich zu erleichtern, und so Tag für Tag, bis eines Nachmittags gegen Ende Mai der Rogelio mit einer noch nackten Dohle in den Händen ankam,

Onkel, sieh mal, was ich dir mitbringe!,

da liefen alle aus dem Haus herbei, und der Azarías bekam einen ganz zärtlichen Blick, als er das hilflose Vögelchen sah, nahm es behutsam in die Hand und flüsterte,

hübscher Milan, hübscher Milan,

und während er ihm weiter gut zusprach, trug er ihn ins Haus und bettete ihn in einen Korb, ging dann hinaus auf der Suche nach Material, um ihm ein Nest zu bauen, und abends bat er den Quirce um einen Sack mit Futter, verrührte es in einer rostigen Blechbüchse mit Wasser und hielt dem Tierchen ein Klümpchen vor den Schnabel und sagte mit samtweicher Stimme,

kwia, kwia, kwia,

da zitterte die Dohle auf dem Stroh,

kwia, kwia, kwia,

und jedes Mal, wenn die Dohle den Schnabel aufsperrte, stopfte ihr der Azarías mit seinem verdreckten Mittelfinger ein zubereitetes Futterklümpchen in den weit aufgerissenen Rachen, und das Vögelchen schluckte, und noch einen Happen, dann noch einen und noch einen, bis der Vogel satt war und Ruhe gab, doch nach einer halben Stunde, wenn die momentane Übersättigung vorbei war, forderte er mehr, und der Azarías wiederholte die Prozedur, wobei er zärtlich murmelte,

hübscher Milan,

ein kaum verständliches Geraune, aber die Régula sah ihm zu und sagte verschwörerisch zum Rogelio,

na, besser so, das war eine gute Idee von dir,

und der Azarías vergaß den Vogel weder tagsüber noch nachts, und als die ersten Federkiele hervorsprossen, lief er glücklich über den ganzen Hof, von Tür zu Tür, und verkündete mit einem sabbernden Lächeln, das ihm um die Lippen spielte, und geweiteten gelben Pupillen,

der Milan kriegt Federn,

wiederholte er, und alle beglückwünschten ihn oder erkundigten sich nach dem Ireneo, abgesehen von seinem Neffen, dem Quirce, der ihn mit seinem boshaften Blick fixierte und sagte,

wozu wollen Sie eine solche Pest im Haus haben, Onkel?,

da starrte ihn der Azarías fassungslos, mit erstaunten Augen an,

das ist keine Pest, das ist der Milan!,

aber der Quirce schüttelte stur den Kopf und spuckte aus,

was für ein Scheiß!, das ist ein schwarzer Vogel, und der bringt nichts Gutes ins Haus, ein schwarzer Vogel,

und der Azarías sah ihn einen Moment entgeistert an und wandte sich schließlich mit zärtlichem Blick der Kiste zu und vergaß den Quirce,

morgen such ich dir einen Regenwurm,

sagte er, und am nächsten Morgen begann er eifrig im mittleren Blumenbeet zu graben, bis er einen Regenwurm fand, packte ihn mit zwei Fingern und gab ihn der Dohle, die ihn mit solchem Genuss verschlang, dass dem Azarías vor Freude der Sabber lief,

hast du sie gesehen, Charito?, es ist ein Weibchen, morgen suche ich ihr wieder einen Regenwurm, sagte er zu der Kleinen, und nach und nach legte die Dohle immer mehr zu und bekam Federn in ihrem Nest, so dass der Azarías jetzt jedes Mal, wenn Paco, der Kurze, ihn mitnahm, um den Waldkauz zu jagen, sich vor Ungeduld verzehrte,

beeil dich, Paco, der Milan wartet auf mich,

und Paco, der Kurze,

hast du abgeführt?,

und der Azarías,

der Milan wartet auf mich, Paco,

aber Paco, der Kurze, ungerührt,

wenn du nicht abführst, behalte ich dich hier, bis es hell wird und der Milan verhungert ist,

dann ließ der Azarías die Hose runter,

das kannst du nicht machen,

murrte er, während er sich unter eine Steineiche hockte und sich entleerte, doch ehe er fertig war, stand er schon wieder aufrecht,

na los, Paco, ich bin bereit,

zog sich hastig die Hose hoch,

der Milan wartet auf mich,

und verzog die Lippen zu einem feuchten einfältigen Grinsen, mit wohligem Genuss Speichel kauend, ein Ablauf, der sich tagaus, tagein wiederholte, bis die Dohle drei Wochen später, als er sie auf dem Unterarm über den Hof spazieren trug, plötzlich begann, zaghaft mit den Flügeln zu flattern und zu einem kurzen ersten, unsicheren Flug abhob, bis zum Wipfel der Weide, wo sie sich niederließ, und als der Azarías sie dort sah, zum ersten Mal außer Reichweite, jammerte er,

der Milan ist mir entwischt, Régula,

da kam die Régula herbei,

ach, lass ihn doch fliegen, Gott hat ihm Flügel verliehen, um zu fliegen, verstehst du das nicht?,

doch der Azarías,

ich will aber nicht, dass der Milan mir entwischt, Régula,

dabei blickte er bang, ja verzweifelt hinauf zum Wipfel der Weide, während die Dohle ihre wässrigen Augen seitlich umherschweifen ließ und neue Ausblicke entdeckte, bis sie den Kopf umwandte und sich mit dem Schnabel das Ungeziefer vom Rücken pickte, indes der Azarías alle Inbrunst, alle Liebe, deren er fähig war, in seine Worte legend, inständig sagte,

hübscher Milan, hübscher Milan,

aber der Vogel blieb ungerührt, und kaum hatte die Régula in der Absicht, ihn einzufangen, die Leiter an den Baum gelehnt und die ersten beiden Sprossen erklommen, da spreizte er die Flügel, flatterte eine Weile ins Leere, bis er sich schließlich vom Ast löste, um zögerlich und unbeholfen bis aufs Dach der Kapelle zu fliegen und sich schließlich bis zur Wetterfahne hoch oben auf dem Turm aufzuschwingen, und während der Azarías ihm nachblickte, quollen ihm dicke Tränen aus den Augen, als tadelte er sein Verhalten,

er hat sich nicht wohlgefühlt bei mir,

sagte er, und unterdessen tauchte der Críspolo auf und anschließend der Rogelio und die Pepa und der Facundo und der Crespo und die gesamte Truppe, alle mit Blick nach oben zur Wetterfahne auf der Turmspitze, wo die Dohle unschlüssig schwankte, während der Rogelio lachte,

züchte Raben, Onkel,

und der Facundo,

na ja, sie finden allmählich Gefallen an der Freiheit, und die Régula beharrte,

na, Gott hat den Vögeln halt Flügel verliehen, damit sie fliegen,

und dem Azarías kullerten dicke Tränen über die Wangen, denen er mit der Hand Einhalt zu gebieten suchte, während er wieder mit seiner Leier anfing,

hübscher Milan, hübscher Milan,

und bei diesen Worten entfernte er sich immer weiter von der Gruppe, die sich im warmen Schatten der Weide zusammendrängte, die Wetterfahne immer im Blick, bis er, winzig und allein, in der Mitte des riesigen Hofgeländes unter der unbarmherzigen Julisonne stehen blieb, sein eigener Schatten als schwarzer Ball zu seinen Füßen, Grimassen schneidend und wild herumfuchtelnd, doch plötzlich hob er den Kopf und rief mit samtweicher Stimme,

kwia!,

und die Dohle oben auf der Wetterfahne flatterte noch aufgeregter und spähte hinab auf den Hof, bis der Azarías, der sie beobachtete, wiederholte,

kwia!,

da reckte die Dohle den Hals, guckte zu ihm hinunter, zog den Hals wieder ein, reckte ihn erneut, und in dem Moment wiederholte der Azarías voller Inbrunst noch einmal,

kwia!,

und da geschah das Unerwartete, als sei zwischen dem Azarías und der Dohle eine Art Fluidum entstanden, richtete sie sich auf der Pfeilspitze der Wetterfahne auf und begann euphorisch zu krächzen,

kwia, kwia, kwia!,

und im Schatten der Weide trat eine spannungsgeladene Stille ein, als sich der Vogel unverhofft kopfunter in die Tiefe stürzte und vor den entgeisterten Augen der Gruppe drei ausgedehnte Runden über den Hof drehte, dicht an den Lehmmauern entlang, bis er sich schließlich auf der rechten Schulter des Azarías niederließ und unermüdlich auf dessen weißem Schädel herumzupicken begann, als wollte er ihn lausen, während der Azarías ihm lächelnd, ohne sich zu rühren, den Kopf zuwandte und im Ton eines Bittgebets murmelte,

hübscher Milan, hübscher Milan.

VIERTES BUCH

Der Jagdgehilfe

MITTE JUNI fing der Quirce an, die Merinoschafherde hinauszutreiben, und wenn die Sonne unterging, hörte man ihn aus der Richtung des Gebirges anmutig auf der Mundharmonika spielen, während sein Bruder, dieser Rogelio, pausenlos in Aktion war, mit dem Jeep rauf, mit dem Traktor runter, ständig von hier nach da,

der Vergaser streikt,

die Kupplung klemmt,

all diese Dinge, und jedes Mal, wenn der Señorito Iván auf dem Hof vorbeischaute, beobachtete er scheinbar desinteressiert die beiden, den Quirce und den Rogelio, um dann den Crespo beiseitezunehmen und ihm unter vier Augen zu sagen,

Crespo, lass mir die zwei Jungs nicht von der Hand, Paco, der Kurze, wird langsam alt, und ich komme nicht ohne Jagdgehilfen aus,

doch weder der Quirce noch der Rogelio hatten von ihrem Vater diese erstaunliche Spürnase geerbt, denn ihr Vater, der Paco, war ein Ausnahmetalent, mein Gott!, von klein auf, und das ist nicht nur so dahergesagt, folgte er, wenn man ihm ein flügellahmes Rebhuhn oben im Wald freiließ, ohne zu zögern, auf allen vieren mit seiner platten Nase dicht am Boden seiner

Spur wie eine Bracke, und mit der Zeit lernte er, die alten Fährten von den neuen sowie die des Männchens von denen des Weibchens zu unterscheiden, so dass der Señorito Iván sich bekreuzigte und, seine grünen Augen halb zugekniffen, von ihm wissen wollte,

wonach zum Teufel riecht denn die Fährte, Paco, du Bastard?,

und Paco,

riechen Sie wirklich nichts?,

und der Señorito Iván,

wenn ich was röche, würde ich dich nicht fragen,

und Paco, der Kurze,

was ist mit dem Señorito Iván bloß los,

denn schon zu Zeiten, als der Señorito Iván noch der kleine Ivancito war und Paco zum Señorito Iván Ivancito sagte, stets das gleiche Lied,

wonach riecht die Fährte denn, Paco?,

riechst du es wirklich nicht, Jungchen?,

und der Ivancito,

nein, wirklich nicht, ich schwör's bei all meinen Toten, für mich riecht die Jagd nach nichts,

und Paco,

du gewöhnst dich noch dran, Jungchen, wirst sehen, wenn du erst mal älter bist,

denn Paco, der Kurze, bildete sich nichts auf seine Fähigkeiten ein, bis er merkte, dass die anderen nicht konnten, was er konnte, daher redete er so mit dem Ivancito, denn der Knirps begann schon im zartesten Alter mit der Jagd, zunächst als reine Spielerei, im Juli ein Flughuhn im Teich oder in der Suhle, im August Wachteln im Stoppelfeld, Turteltauben im September auf dem Rückzug durch die Schneisen der Eichenwälder, im Oktober Rebhühner in den Ackerfurchen und im Unterholz, im Februar Tauben im Lucio de Teatino und dazwischen Großjagd auf Gämse und Hirsche, immer das Gewehr oder die Flinte in der Hand, immer peng, peng – peng, peng – peng, peng,

das ist eine Spinnerei bei diesem Jungen,

sagte die Señora,

denn Tag und Nacht, winters wie sommers, auf der Pirsch im Wald oder auf den Feldern, auf Treibjagd oder auf der Suche, peng, peng, peng, der Ivancito immer mit dem Gewehr oder der Flinte, im Wald oder auf den Feldern, und im Jahr 43 bei der Eröffnungsjagd zum spanischen Nationalfeiertag zum allgemeinen Erstaunen der Ivancito mit noch nicht mal dreizehn Jahren unter den ersten drei, das hatte es noch nie gegeben, vier Vögel auf einen Streich in der Luft erlegt, unglaublich, das musste man gesehen haben, ein Jüngelchen, kaum trocken hinter den Ohren, Seite an Seite mit Madrids besten Schützen, und schon seit jenem Tag gewöhnte sich der Ivancito an Paco, den Kurzen, als Begleiter, profitierte von seinem Geruchssinn und seiner Jagdleidenschaft und beschloss, ihm den nötigen Schliff zu geben, denn Paco, der Kurze, schwächelte beim Laden, weshalb ihm der Ivancito eines Tages zwei Patronen und eine alte Flinte überreichte mit den Worten,

jeden Abend vor dem Schlafengehen lädst du eine Patrone und nimmst sie wieder heraus, hundertmal, Paco, bis du müde wirst,

und nach einer Pause fügte er hinzu,

wenn du es schaffst, darin der Schnellste von allen zu sein, wird dir mit deinem gottgegebenen Spürsinn und deiner Merkfähigkeit niemand auf der Welt als Jagdgehilfe das Wasser reichen können, das sag ich dir,

und Paco, der Kurze, mit seinem dienstbeflissenen Naturell, Abend für Abend vor dem Schlafengehen, ratzfatz, die Flinte geladen und entladen, worauf die Régula,

he, bist du noch ganz richtig, Paco?,

und Paco, der Kurze,

der Ivancito sagt, ich könnte der Beste sein,

und nach einem Monat,

Ivancito, Junge, die Flinte habe ich dir in Nullkommanichts geladen und wieder entladen,

und der Ivancito,

das will ich erst mal sehen, Paco, bild dir bloß nichts ein,

und Paco demonstrierte dem Jungen seine Flinkheit,

das wird ja schon, Paco, hör nicht auf, mach weiter so,

sagte der Ivancito nach dieser Vorführung, und auf diese Weise, Ivancito hier, Ivancito da, merkte Paco gar nicht, dass die Zeit verging, bis eines Morgens auf dem Anstand geschah, was geschehen musste, das heißt, Paco, der Kurze, sagte in bester Absicht,

Ivancito, Achtung, der Schwarm von rechts,

und der Ivancito ging schweigend in Stellung, zielte und holte im Nu zwei von vorn und zwei von hinten herunter, und das erste Rebhuhn lag noch kaum am Boden, als sich sein Blick auf Paco richtete und er mit arroganter Miene zu ihm sagte,

ab heute, Paco, nur noch Sie und Señorito Iván, ich bin kein kleiner Junge mehr, denn inzwischen war der Ivancito schon sechzehn Jahre alt, und Paco, der Kurze, bat ihn um Verzeihung, und fortan nur noch Señorito Iván hier, Señorito Iván da, denn wenn man es recht betrachtete, war er fast zu einem jungen Mann herangewachsen, und so hatte es seine Richtigkeit, doch mit der Zeit steigerte sich die Jagdlust noch beim Señorito Iván, und es war allseits bekannt, dass er nicht nur bei jeder Treibjagd die meisten Rebhühner erlegte, sondern auch das entfernteste und kräftigste, das am höchsten flog, herunterholte, dass er auf diesem Gebiet keinen Rivalen duldete und Paco unfehlbar zum Zeugen berief,

weit entfernt, sagt der Minister, Paco, hör mal, auf welche Entfernung ungefähr habe ich diesen Vogel auf der ersten Treibjagd geschossen, den von dem hohen Felsen, der erst bis in die Wolken aufflog und dann in den Schildkrötentümpel herabstürzte, weißt du noch?,

und Paco, der Kurze, machte riesige Augen, reckte prahlerisch das Kinn hoch und befand,

ich will Sie nicht bevormunden, aber dieses Rebhuhn flog mindestens neunzig Meter hoch,

oder wenn es um kräftige Rebhühner ging, das gleiche Lied,

lass mich nicht als Prahlhans dastehen, Paco, sag, wie war noch mal dieses Rebhuhn, das in dem Tal, das unversehens auftauchte, als ich gerade einen Schluck aus dem Weinschlauch nahm?,

dann neigte Paco den Kopf leicht zur Seite, den Zeigefinger an der Wange, und überlegte,

ja, Mann?,

hakte der Señorito Iván nach,

das der Wind rittlings hertrieb, das vom Erdbeerbaum, Mann, wo du gesagt hast, wo du gesagt hast,

und da verdrehte Paco die Augen, spitzte die Lippen
wie zum Pfeifen, obwohl er nicht pfiff, und sagte
schließlich,

ja, auch schneller als ein Flieger,

und obwohl der Señorito Iván nicht wusste, aus welcher Entfernung der andere Jäger sein Rebhuhn geschossen hatte und wie schnell das eines anderen, noch
weiter entfernten gewesen war, waren seine unweiger-
lich immer die entferntesten und schnellsten, und um
das zu beweisen, benutzte er Paco, den Kurzen, als
Zeugen, und das schmeichelte Paco, dem Kurzen, er
war stolz auf die Wichtigkeit seines Urteils und prahlte
damit, dass es seine natürliche Gabe und sein Geschick
war, die Beutestücke aufzuspüren, worum den Señorito Iván seine Freunde am meisten beneideten,

nicht mal der beste Spürhund wäre dir so nützlich
wie dieser Mann,

Iván, schau, was ich dir sage, du weißt gar nicht, was
du an ihm hast,

sagten sie, und häufig baten die Freunde vom Señorito Iván Paco, den Kurzen, ihm irgendein flügellahmes Rebhuhn aufzuspüren, und in solchen Fällen ver-
zichteten sie auf den Stammtisch nach der Treibjagd
und den Disput mit den Nachbargehilfen und folgten
ihm, um zu sehen, wie er es anstellte, und wenn Paco
sich dann von der Crème de la Crème der Schützen
umringt sah, sagte er,

wo hat der Schuss es erwischt, mal sehen,

und sie, der Staatssekretär, der Botschafter oder der
Minister,

hier hast du die Federn, Paco,

und Paco, der Kurze,

in welche Richtung zog es, mal sehen?,

und dann, wer auch immer,

Richtung Zistrosenfeld, Paco, einfach so zum Zistrosenfeld hingetreidelt,

allein, zu zweien oder im Schwarm, mal sehen,

zwei kamen herein, Paco, jetzt, wo du es sagst, ein
Pärchen,

und der Señorito Iván warf seinen Gästen einen
amüsierten Blick zu, während er mit dem Kinn auf
Paco, den Kurzen, deutete, als wollte er sagen, was habe
ich euch gesagt?, und sogleich ging Paco, der Kurze, in
die Hocke, beschnupperte eingehend das Terrain zwei
Meter um die Einschlagstelle herum und murmelte,

von hier ist es los,

dann folgte er der Spur mehrere Meter weit und
richtete sich schließlich auf,

in die Richtung ist es weiter und hockt jetzt vielleicht dort in dem Steineichengebüsch, wenn nicht,
hat es sich still im Unterholz neben der Korkeiche verkrochen, weiter kann es nicht gekommen sein,

und dorthin folgte die Gruppe dem Paco, und wenn
der Vogel nicht im Steineichengebüsch hockte, hatte
er sich im Unterholz neben der Korkeiche verkrochen,
unfehlbar, und der Staatssekretär, der Botschafter oder
der Minister, wer auch immer, sagte verwundert,

und warum in aller Welt konnte er nirgendwo sonst
sein, Paco, kannst du mir das erklären?,

und Paco, der Kurze, ließ es sich einige Sekunden
großspurig durch den Kopf gehen und sagte schließlich
mit kaum verhohlener Herablassung,

das Rebhuhn weicht nicht vom Kurs ab, wenn es rennt, um sich zu verstecken,

dann schauten sie sich gegenseitig an und nickten, und der Señorito Iván mit den Daumen in den Armlöchern seiner Patronenweste und einem breiten Grinsen,

na, was habe ich euch gesagt?,

mit stolzgeschwellter Brust, wie wenn er das amerikanische Repetiergewehr vorführte oder die Guita, das Pinscherweibchen, und zurück auf dem Anstand, wieder allein mit Paco, lautete sein Kommentar,

da siehst du mal, Paco, dieser Bastard von einem Franzosen kann einen Eichelhäher nicht von einem Rebhuhn unterscheiden,

oder auch,

dieser Bastard von einem Botschafter ist zu lahm mit der linken Hand, ein schwerer Fehler für einen Diplomaten,

denn fatalerweise war für den Señorito Iván jeder, der eine Flinte in die Hand nahm, ein Bastard, ein Wort, das er ständig im Mund führte, eine echte Manie, und manchmal im Eifer des Gefechts, wenn sich die Stimmen der Treiber in der Ferne verloren, die Jagdhörner von den Rändern her ertönten, um die Vögel vor sich herzutreiben, die Rebhühner aufgeschreckt in alle Richtungen losstieben, brrr, brrr, brrr, so dass der Schwarm in Windeseile in die Schusslinie geriet und der Señorito Iván zwei auf einen Streich hier und zwei auf einen Streich da abschoss, eine gekonnte Dublette, die reinste Karambole, während rechts und links die Schüsse detonierten wie im Krieg und Paco, der Kurze, insgeheim dreiunddreißig, vierunddreißig, fünfunddreißig zählte, um dann die leere Flinte gegen eine geladene doppelläufige auszuwechseln, bis zu fünf, da die Läufe glühten, und er sich bei jedem Beutestück einprägte, wo es herabfiel, na ja, in solchen Fällen wurde er heiß wie ein Hühnerhund, bis er nicht mehr zu bändigen war, in die Hocke ging und, zum Rand des Jagdschirms drängend, mit zusammengepressten Zähnen flehte, um das Gelände nicht aufzuschrecken,

lassen Sie mich frei, Señorito, lassen Sie mich frei!,

und der Señorito Iván trocken,

sei still, Paco!,

und er, Paco, der Kurze,

lassen Sie mich frei, ich bitte Sie beim Leben Ihrer Mutter, Señorito!,

von Mal zu Mal aufgeregter, und der Señorito Iván feuerte in einem fort,

hör mal, Paco, treib mich jetzt nicht zur Weißglut, warte, bis die Treibjagd vorbei ist,

doch Paco, der Kurze, dem ununterbrochen die toten Rebhühner vor seiner platten Nase herabregneten, geriet schier außer sich,

lassen Sie mich um Gottes willen frei, Señorito, ich bitte Sie!,

bis der Señorito Iván ausrastete und ihm einen Tritt in den Hintern versetzte mit den Worten,

wenn du den Posten vor der Zeit verlässt, verpass ich dir eine Kugel, Paco, und du weißt ja, wie leicht ich sie verballere,

doch seine Wut war reine Schau und hielt nie lange an, denn wenn Paco, der Kurze, wenige Minuten später anfing, ihm die Beute herbeizuschaffen, ihm vierundsechzig der fünfundsechzig erlegten Vögel präsentierte und aufgeregt vorbrachte,

das fünfundsechzigste Rebhuhn, Señorito Iván, das Sie am Rand des Ginsterfelds abgeschossen haben, hat mir der Facundo geklaut und gesagt, das gehört seinem Señorito,

ging die Wut des Señorito Iván auf den Facundo über, Facundo!,

brüllte er in gellendem Ton, und dann kam der Facundo angelaufen,

he, du Schlawiner, wir wollen doch keinen Ärger!, dieses Rebhuhn vom Rand des Ginsterfelds gehört mir, ganz klar, also her damit,

dabei streckte er ihm die flache Hand entgegen, aber der Facundo zuckte nur die Achseln und setzte einen leeren, ausdruckslosen Blick auf,

auch mein Señorito hat eins am Rand des Ginsterfelds heruntergeholt, das ist nicht recht,

aber der Señorito Iván streckte die Hand noch weiter aus und merkte, wie es ihm allmählich in den Fingern juckte,

hör mal, treib mich nicht zum Äußersten, Facundo, treib mich bloß nicht zum Äußersten, du weißt doch, dass mich nichts mehr erbost, als wenn man mir die Vögel klaut, die ich erlegt habe, also jetzt her mit diesem Rebhuhn,

und wenn sich die Situation derart zuspitzte, rückte Facundo das Rebhuhn, ohne zu murren, heraus, immer dieselbe Geschichte, so dass René, der Franzose, ein begeisterter Treibjagdteilnehmer, bis geschah, was geschah, beim ersten Mal ungläubig dreinblickte und ständig wiederholte,

wie sein möglich, Iván töten fünfundsechzig Rebhühner und Paco bringen fünfundsechzig, mir nicht
verstehen, und Paco, der Kurze, geschmeichelt, tippte
sich mit einem spitzbübischen Lächeln an die Stirn
und sagte,

ich speichere sie hier drin,

woraufhin der Franzose mit weit aufgerissenen Augen ausrief,

ah, ah, Sie speichern es in der Tette, oder wie sagt
man, in der Titte ...,

und Paco, der Kurze, zurück beim Señorito Iván auf
dem Anstand,

die Titte hat er gesagt, Señorito Iván, ich schwör's
bei meinen Toten, das muss so eine Redensart in seinem Land sein,

siehst du, endlich liegst du mal richtig,

und seit dem Tag sagten der Señorito Iván und seine
Gäste halb spaßig, halb ernst, wenn keine Damen an-
wesend waren, etwa bei der Verlosung der Anstände
oder beim gemeinsamen Imbiss in der Mittagssonne,
Titte statt Kopf,

diese Patrone ist schon heftig, davon hab ich ziem-
liches Tittenweh bekommen,

oder auch,

dieser Subse ist schrecklich starrsinnig, wenn der
sich was in die Titte gesetzt hat, kann es ihm kein
Mensch mehr ausreden,

so sagten sie es unverändert an die achtzig Mal und
allgemeines Gelächter, schallendes Gelächter, sie
kriegten sich gar nicht mehr ein und lachten sich immer wieder krank darüber, so lange, bis sie wieder die
Jagd aufnahmen, und nach der fünften Schicht, schon

im Dämmerlicht, griff der Señorito Iván mit zwei Fingern in die Brusttasche seiner Patronenweste und überreichte Paco mit großzügiger Geste einen Zwanzig-Duro-Schein,

hier, nimm, Paco, aber hau ihn nicht gleich auf den Kopf, du kommst mich ganz schön teuer, und das Leben ist so schon schwierig genug,

und Paco nahm den Schein verstohlen an sich und steckte ihn rasch in die Tasche,

na, dann tausend Dank, Señorito Iván,

und am nächsten Morgen fuhr die Régula mit dem Rogelio auf dem Traktor nach Cordovilla zum Hachemita, um Perkalstoff und Hanfschuhe für die Jungs zu besorgen, denn im Haus mangelte es immer an irgendetwas, und so war es jedes Mal, wenn es eine Treibjagd gab oder ein Taubenschießen, und alles lief reibungslos bis zur letzten Jagd mit dem Franzosen, als es laut Nieves im Herrenhaus während der Mittagsmahlzeit wegen dieser Sache mit der Kultur zum Streit kam, weil der Señorito René behauptete, in Mitteleuropa sei das Niveau höher, eine Respektlosigkeit, die der Señorito Iván zurückwies,

das bildest du dir ein, René, hier gibt es keine Analphabeten mehr, du glaubst wohl, wir befänden uns noch im Jahr sechsunddreißig,

und so kam eins zum andern, bis sie anfingen, sich gegenseitig anzuschreien und jeglichen Anstand und Respekt voreinander verloren, so dass der Señorito vor lauter Wut als letzten Ausweg Paco, den Kurzen, die Régula und den Ceferino holen ließ und ausrief,

das ist Unsinn, René, du wirst es mit eigenen Augen sehen, und als Paco mit den anderen erschien, verfiel der Señorito Iván in den belehrenden Ton von Señorito Lucas,

schau, René, es stimmt zwar, diese Leute waren früher Analphabeten, aber jetzt kannst du mal sehen, du, Paco, nimm den Kugelschreiber und schreib deinen Namen auf, tu mir den Gefallen, aber sauber und ordentlich, bemüh dich,

dabei verzogen sich seine Lippen zu einem breiten Lächeln,

denn auf dem Spiel steht nichts Geringeres als die nationale Ehre,

und die Blicke der gesamten Tischgesellschaft waren auf Paco, den Mann, gerichtet, während Don Pedro, der Verwalter, sich von innen auf die Wange biss und die Hand auf Renés Unterarm legte,

ob du's glaubst oder nicht, René, seit Jahren wird in diesem Land alles Menschenmögliche getan, um die Leute zu fördern,

und der Señorito Iván,

pssst!, lenk ihn jetzt nicht ab,

während Paco, der Kurze, unter dem Druck des erwartungsvollen Schweigens alle fünf Sinne zusammennahm und auf die Rückseite der gelben Rechnung, die der Señorito Iván ihm auf dem Tischtuch hinschob, mit geblähten Nüstern seiner platten Nase ein paar Krakel kritzelte, eine zittrige, unleserliche Unterschrift, und sich, als er fertig war, aufrichtete, um dem Señorito Iván den Kugelschreiber zurückzugeben, den der Señorito Iván an den Ceferino weiterreichte und befahl,

und jetzt du, Ceferino,

woraufhin der Ceferino sich zutiefst verängstigt über das Tischtuch beugte und seine Unterschrift aufs

Papier setzte, und schließlich wandte sich der Señorito Iván der Régula zu,

jetzt bist du dran, Régula,

und an den Franzosen gerichtet,

hier machen wir keinen Unterschied, René, hier gibt es keine Diskriminierung zwischen Mann und Frau, wie du gleich feststellen wirst,

und die Régula kritzelte mit unsicheren Zügen, weil der Kugelschreiber von ihrem plattgedrückten, abgeflachten Daumen ohne Fingerabdruck abglitt, mühselig ihren Namen hin, jedoch ohne dass der Señorito Iván, der mit dem Franzosen redete, Régulas Angestrengtheit bemerkt hätte, so dass er, sobald sie es geschafft hatte, ihre rechte Hand ergriff und mit ihr wedelte wie mit einer Fahne,

das hier,

sagte er,

damit du es in Paris erzählst, René, wo ihr Franzosen uns so in den Dreck zieht mit eurem Urteil, dass diese Frau, falls es dich interessiert, noch vor vier Tagen mit ihrem Daumen unterschrieben hat, schau her!,

und bei diesen Worten spreizte er ihren entstellten Daumen ab, der platt wie ein Spachtel war, während die Régula, diese Frau, sich vor lauter Verlegenheit fast zu Tode schämte, als stellte der Señorito Iván sie splitterfasernackt mitten auf dem Tisch zur Schau, aber René achtete kaum auf Señorito Iváns Worte, sondern starrte verständnislos auf Régulas platten Daumen, und als der Señorito Iván seine Fassungslosigkeit bemerkte, erklärte er,

na schön!, das ist eine andere Geschichte, die Daumen der Espartograsflechterinnen sehen so aus, Berufsrisiko, die Daumen verformen sich beim Flechten von Espartogras, verstehst du?, das ist unvermeidlich,

er lächelte und räusperte sich, und dann wandte er sich, um die Situation zu entspannen, an die drei und sagte,

na los, ihr könnt gehen, das habt ihr gut gemacht,

und während sie sich in Richtung Tür begaben, murrte die Régula fassungslos,

na, was dem Señorito Iván so alles einfällt,

und am Tisch zeigten alle ein nachsichtiges väterliches Lachen, nur René, dessen Miene sich verfinstert hatte, verharrte, ohne weiter auf seinem Urteil zu bestehen, in eisernem, feindseligem Schweigen, doch in Wahrheit waren derartige Zwischenfälle selten auf dem Hof, da das Leben normalerweise friedlich verlief, abgesehen von den neuerdings regelmäßigen Besuchen der Señora, was die Régula zwang, stets ein achtsames Auge zu haben, damit der Wagen nicht warten musste, denn sobald er ein paar Minuten warten musste, fauchte der Maxi gleich los,

wo zum Teufel steckst du schon wieder, du lässt uns schon seit einer halben Stunde vergeblich hier warten,

übelster Laune, so dass sie, selbst wenn sie gerade beim Windelwechseln der Kleinen gestört wurde, auf den Ruf der Hupe sofort herbeigeeilt kam, um den Riegel am Tor aufzuschieben, ohne sich auch nur die Hände zu waschen, obwohl die Señora in solchen Fällen, kaum war sie aus dem Wagen gestiegen, die Nase rümpfte, die fast so geruchsempfindlich war wie die von Paco, dem Kurzen, und sagte,

diese Hühnerställe, achte darauf, äußerst unangenehm dieser Geruch, oder etwas in der Art, aber in höflichem Ton, untadelig, und sie, die Régula, verbarg die Hände unter der Schürze und,

jawohl, Señora, zu Ihren Diensten,

und dann schritt die Señora langsam den kleinen Garten ab, nahm jeden Winkel des Hofs prüfend in Augenschein und stieg anschließend zum Herrenhaus hinauf, wo sie alle in den Spiegelsaal zitierte, einen nach dem anderen, zuerst Pedro, den Verwalter, und zuletzt Ceferino, den Schweinehirten, sich bei jedem nach seinen Tätigkeiten, seiner Familie und seinen Problemen erkundigte und ihnen zum Abschied mit einem blassen, distanzierten Lächeln eine glänzende Zehn-Duro-Münze in die Hand drückte,

hier, nimm, damit ihr zu Hause meinen Besuch feiern könnt,

abgesehen von Don Pedro natürlich, denn Don Pedro, der Verwalter, gehörte quasi zur Familie, alle anderen aber freuten sich wie die Schneekönige, wenn sie von dannen zogen,

die Señora ist herzensgut zu den Armen,

sagten sie, während sie die Münze in ihrer Hand betrachteten, und zum Abend hin trugen alle ihre Laternen im Hof zusammen, grillten ein Zicklein, das sie mit Wein begossen, was zu wachsender Euphorie und Ausgelassenheit führte, und dann,

ein Hoch auf die Señora Marquesa!, sie lebe noch viele Jahre!,

und wie zu erwarten, waren sie am Ende alle ziemlich berauscht, aber zufrieden, und die Señora wünschte ihnen im Gegenlicht des beleuchteten Fensters ihres Gemachs mit erhobenen Armen eine gute

Nacht, und dann ging man schlafen, so war es seit jeher, doch bei ihrem letzten Besuch stieß die Señora, als sie in Begleitung der Señorita Miriam aus dem Auto stieg, am Brunnen auf den Azarías, woraufhin sie mit einem Stirnrunzeln und mit zurückgeworfenem Kopf fragte,

dich kenne ich gar nicht, zu wem gehörst du denn?,

und die Régula, die herbeigeeilt kam,

das ist mein Bruder, Señora,

zutiefst eingeschüchtert, und die Señora,

wo hast du denn den aufgegabelt, der ist ja barfuß,

der war auf La Jara, aber Sie sehen ja, er ist einundsechzig, da haben sie ihn entlassen,

und die Señora,

wahrlich alt genug, um nicht mehr zu arbeiten, wäre er in einer karitativen Einrichtung nicht besser aufgehoben?,

da senkte die Régula demütig den Kopf, sagte aber voller Entschlossenheit,

he, solange ich lebe, wird ein Sohn meiner Mutter nicht in einem Heim sterben,

und an dem Punkt meldete sich die Señorita Miriam zu Wort,

letzten Endes, Mama, was stört er denn hier schon?, auf dem Hof gibt es doch genug Platz für alle,

derweil betrachtete sich der Azarías, dem die Hosen in den Kniekehlen hingen, eingehend die Nägel seiner rechten Hand, lächelte erst die Señorita Miriam an und grinste dann ins Nichts, kaute zweimal auf seinem nackten Zahnfleisch, bevor er sprach,

ich dünge jeden Morgen die Geranien,

sagte er nebulös zu seiner Rechtfertigung, und die Señora,

das ist schön,

und der Azarías, der allmählich immer größer wurde,

und gegen Abend gehe ich raus in die Berge, um den Waldkauz zu jagen, damit er nicht den Hof unsicher macht,

da runzelte die Señora höchst konzentriert ihre hohe, gütige Stirn und beugte sich hinüber zur Régula,

den Waldkauz jagen?, kannst du mir mal sagen, wovon dein Bruder da redet?,

und die Régula, verlegen,

ach, das ist halt seine Art, Señora, der Azarías ist nicht schlecht, nur ein wenig unbedarft,

aber der Azarías fuhr fort,

und jetzt ziehe ich einen Milan auf,

mit einem geifernden Grinsen, und die Señorita Miriam wieder,

ich denke nicht, dass er viel anstellt, Mutter, meinst du nicht?,

während die Señora den Blick nicht von ihm ließ, doch der Azarías ergriff in einem plötzlichen Anfall von Zuneigung die Hand der Señorita Miriam, entblößte in einem Ausdruck von Dankbarkeit sein Zahnfleisch und murmelte,

kommen Sie, Señorita, ich zeig Ihnen den Milan,

und mitgerissen von seiner herkulischen Kraft, folgte die Señorita Miriam ihm stolpernd und wandte nur kurz den Kopf, um zu sagen,

ich geh mir den Milan anschauen, Mama, warte nicht auf mich, ich komme gleich hoch,

und der Azarías führte sie bis unter die Weide, wo er

stehen blieb, den Kopf hob und in festem, aber zärtlichem Ton sagte,

kwia,

und unverhofft ließ sich vor den erstaunten Augen der Señorita Miriam ein schwarzer flauschiger Vogel von den höchsten Ästen herab und sanft auf Azarías' Schulter nieder, der wieder ihre Hand ergriff und sagte,

schauen Sie,

und sie zur Fensterbank führte, wo er aus der Futterbüchse hinter dem Blumentopf ein Klümpchen nahm und dem Vogel hinhielt, der die Klümpchen eins nach dem anderen verschlang und gar nicht satt zu werden schien, während der Azarías ihn zwischen den Augen kraulte und mit sanfter Stimme wiederholte,

hübscher Milan, hübscher Milan,

und der Vogel,

kwia, kwia, kwia,

verlangte immer mehr, und die Señorita Miriam, ängstlich,

wie hungrig der ist!,

und der Azarías schob ihm einen Klumpen nach dem anderen in den Hals und stopfte mit der Fingerkuppe nach und war ganz mit dem Vogel beschäftigt, als ein schaudererregendes Kreischen der Kleinen aus dem Haus drang, und die Señorita Miriam ganz erschüttert,

was war denn das?,

und der Azarías, nervös,

die Kleine ist das,

dann stellte er die Büchse auf die Bank, nahm sie wieder, stellte sie wieder hin, wanderte unruhig auf und ab, die Dohle auf seiner Schulter, und brummte mit auf- und zuklappender Kinnlade,

ich kann nicht alles gleichzeitig machen,

doch nach wenigen Sekunden brach erneut das Kreischen der Kleinen los, und die Señorita Miriam, voller Grauen,

ist das wirklich ein kleines Mädchen, was da so schreit?,

und der Azarías, immer rastloser, während die Dohle unruhig rundum spähte, wandte sich der Señorita zu, ergriff erneut ihre Hand und sagte,

kommen Sie,

und gemeinsam betraten sie das Haus, die Señorita Miriam argwöhnischen Schritts, als befiele sie eine düstere Vorahnung, und als sie das Kind im Halbdunkel erblickte mit seinen Spinnenbeinchen und dem riesigen, auf das Kissen niedergesunkenen Kopf, da spürte sie, wie ihr die Augen feucht wurden, sie schlug die Hände vor den Mund und rief aus,

mein Gott!,

während der Azarías, sein rosiges Zahnfleisch bleckend, sie anlächelte, doch die Señorita Miriam konnte den Blick nicht von der Kiste abwenden, wie zur Salzsäule erstarrt schien die Señorita Miriam, so reglos, so bleich, so entsetzt,

mein Gott!,

wiederholte sie, wobei sie den Kopf heftig zur einen und zur anderen Seite schüttelte, als wollte sie einen schreckliche Gedanken verscheuchen, aber da nahm der Azarías das Geschöpf schon auf die Arme, setzte sich, unverständliche Worte brabbelnd, auf den Schemel und fixierte den Kopf der Kleinen in seiner Achselhöhle, während er mit der linken Hand die Dohle packte und mit der rechten den Zeigefinger der Kleinen, um ihn behutsam zwischen die Augen des Tieres zu führen und ihn, sobald er den Vogel berührte, jäh zurückzuziehen und die Kleine lachend an sich zu drücken, wobei er zärtlich mit seiner stark näselnden Stimme sagte,

er ist doch hübsch, der Milan, nicht wahr, meine Kleine?

FÜNFTES BUCH

Der Unfall

WENN DIE Ringeltauben zurückkehrten, quartierte sich der Señorito für zwei Wochen auf dem Gutshof ein, und zu dem Zeitpunkt hielt Paco, der Kurze, die Täuberiche nebst Geschirr schon bereit, ebenso wie die eingefettete Wippstange, so dass sie, sobald der Señorito eintraf, im Land Rover die Feldwege von Ort zu Ort abfahren konnten auf der Suche nach den Lieblingsplätzen der Taubenschwärme, je nach Reife der Eicheln, doch mit den Jahren hatte Paco, der Kurze, zunehmend Mühe, die Steineichen zu erklimmen, und wenn der Señorito Iván ihn so ungelenk den Stamm umklammern sah, musste er lachen,

Alter kennt kein Erbarmen, Paco, der Hintern wird dir schwer, so ist das Gesetz des Lebens,

aber Paco, der Kurze, war zu stolz, um klein beizugeben, und kletterte auf die Kork- oder die Steineiche mit Hilfe eines Seils, selbst um den Preis, sich die Hände aufzuschürfen, um den Lockvogel an der weithin sichtbarsten Stelle, möglichst in der Baumkrone, festzubinden und dann mit seinen riesigen Nasenlöchern den Señorito Iván ins Visier zu nehmen, als blickte er ihn mit ihnen an, noch bin ich zu was nutze, meinen Sie nicht, Señorito?,

rief er strahlend und zerrte, rittlings auf einem dicken Ast sitzend, an der Strippe, an der die Wippstange festgebunden war, damit der Täuberich auf schwankendem Boden das Gleichgewicht verlor und mit den Flügeln flatterte, während der Señorito Iván, versteckt in seinem Ansitz, aufmerksam die Bewegung der Taubenschwärme am Himmel beobachtete und warnte,

zweidutzend Hohltauben, bezähm dich, Paco,

oder auch,

ein Schwung Ringeltauben, halt dich ruhig, Paco,

oder auch,

da sind die Felsentauben unterwegs, Achtung, Paco,

und Paco, der Kurze, bezähmte sich, hielt sich ruhig oder behielt die Felsentauben im Auge, doch der Señorito Iván gab sich selten zufrieden,

achtsamer, du Bastard, siehst du nicht, dass du mit diesem Gezappel das ganze Revier aufschreckst?,

und Paco, der Kurze, ging achtsamer, bedächtiger vor, bis sich ein halbes Dutzend Tauben von dem Schwarm löste und der Señorito die Flinte anlegte und die Stimme senkte,

Achtung, sie scheren aus,

und in solchen Fällen wurde die Art, wie Paco, der Kurze, am Strick zog, abgehackter und abrupter, kontrollierter, damit der Täuberich sich bewegte, ohne die Flügel ganz auszubreiten, und während die Vögel sich im Gleitflug näherten, ging der Señorito Iván in Stellung, nahm sie ins Visier und peng, peng!,

zwei, ein Pärchen,

jubelte Paco oben in der Blätterkrone, und der Señorito Iván,

schweig still, Mann,

und peng, peng!,

wieder zwei!,

schrie Paco von oben, ohne an sich halten zu können, und der Señorito Iván,

halt den Schnabel, Mann,

und peng, peng!,

eine ist Ihnen entwischt,

bedauerte Paco, und der Señorito Iván,

kannst du nicht endlich mal das Maul halten, du verdammter Bastard?,

aber von peng, peng zu peng, peng wurden Paco allmählich die um den Ast geklammerten Beine taub, und
wenn er vom Baum herabstieg, musste er sich in Acht
nehmen, denn oft spürte er seine Füße nicht mehr,
oder wenn er sie spürte, waren sie wattig und kribbel-
ten wie Sprudelwasser oder versagten komplett ihren
Dienst, doch der Señorito Iván nahm keine Rücksicht
und drängte ihn, einen neuen Hochsitz zu suchen,
denn am liebsten wechselte er sein Jagdrevier vier-,
fünfmal am Tag, so dass Paco, dem Kurzen, am Ende
des Tages die Schultern wehtaten, die Hände wehtaten, die Schenkel wehtaten, ja der ganze Körper wehtat
vor lauter Muskelkater und seine Glieder sich wie ausgerenkt anfühlten, wie an der falschen Stelle, doch am
nächsten Morgen ging es wieder von vorne los, denn
der Señorito Iván war ganz versessen auf die Taubenjagd, leider, denn diese Art zu jagen gefiel ihm genauso
oder gar noch mehr als die Treibjagd auf Rebhühner
oder die Jagd auf Flughühner vom Hochsitz aus im

Sumpfgelände oder die mit dem Pinscher und der Schelle, er bekam einfach nicht genug, der Mann, und am nächsten Morgen, noch im Halbdunkel, war er bereits wieder auf den Beinen,

bist du kaputt, Paco?,

grinste er boshaft und fügte hinzu,

das Alter kennt kein Pardon, Paco, wer hätte dir das gesagt, dir, bei dem, was du mal warst,

und Paco, den Kurzen, packte der Ehrgeiz, und dann erklomm er die Bäume womöglich noch behänder als tags zuvor, selbst auf die Gefahr hin, sich den Hals zu brechen, und band den Lockvogel im Wipfel der Kork- oder Steineiche fest, ganz oben, doch wenn die Schwärme keine Lust hatten oder der Sache misstrauten, dann hieß es wieder ab nach unten und einen neuen Lieblingsplatz suchen, und so von Baum zu Baum, bis Paco, dem Kurzen, die Kräfte schwanden, aber vor dem Señorito Iván, der bereits an ihm zu zweifeln begann, musste Elan geheuchelt werden, und wieder kletterte er flugs hinauf, und wenn er schon fast oben war, sagte der Señorito Iván,

da doch nicht, Paco, Mann, die Eiche ist viel zu klein, siehst du das nicht?, such mir einen Hochsitz wie immer, werd mir nicht so faul,

da stieg Paco, der Kurze, wieder ab, suchte einen anderen Hochsitz, und wieder hinauf bis zum Wipfel, den Lockvogel in der Hand, doch eines Morgens,

jetzt haben wir echt verschissen, Señorito, die Hauben hab ich zu Hause vergessen,

doch der Señorito Iván, der an dem Tag besonders jagdlüstern war, da der Himmel über der Eichenwaldebene sich schwärzte vor Tauben, herrschte ihn an, dann blende den Täuberich, dass wir nicht noch mehr Zeit verlieren,

und Paco, der Kurze,

soll ich ihn blenden oder eine Haube aus dem Taschentuch basteln?,

und der Señorito Iván,

hast du nicht gehört?,

da stützte sich Paco, um sich nicht weiter bitten zu lassen, auf dem Ast ab, klappte das Messer auf und stach dem Lockvogel im Nu die Augen aus, worauf der, plötzlich erblindet, ein paar linkische, unbeholfene Bewegungen machte, die aber Wirkung zeigten, denn mehr Tauben als gewöhnlich scherten aus, und der Señorito Iván kannte kein Halten mehr,

Paco, du musst alle Täuberiche blenden, hörst du?, bei den verfluchten Hauben dringt noch immer Licht ein, und die Tiere parieren nicht,

und so Tag um Tag, bis dem Paco eines Abends, nachdem sie eineinhalb Wochen aufs Feld hinausgezogen waren, beim Absteigen von einer riesigen Steineiche das taube Bein versagte und er breitbeinig wie ein Sack zwei Meter vor dem Señorito Iván abstürzte, der erschrocken einen Satz machte,

he, du Bastard, um ein Haar hättest du mich plattgemacht!,

doch als Paco sich nur so am Boden wand, kam der Señorito herbei, hielt seinen Kopf und fragte,

hast du dich verletzt, Paco?,

aber Paco, der Kurze, konnte nicht antworten, der Stoß gegen die Brust hatte ihm den Atem verschlagen, so dass er nur beharrlich auf sein rechtes Bein zeigte, ach so, wenn es nur das ist …!,

sagte der Señorito Iván und versuchte Paco, dem Kurzen, auf die Beine zu helfen, aber als Paco, der Kurze, endlich wieder ein Wort herausbrachte, sagte er, an den Stamm der Eiche gelehnt,

dieses Bein hier hält mich nicht mehr, Señorito Iván, es ist wie taub,

und der Señorito Iván,

es hält dich nicht mehr?, na komm!, sei kein Schlapp-schwanz, Paco, wenn du es nicht aufwärmst, wird es nur noch schlimmer,

doch als Paco versuchte, einen Schritt zu machen, fiel er hin,

ich kann nicht, Señorito, es ist gebrochen, ich habe selbst gespürt, wie der Knochen geborsten ist,

so ein Mist, verdammt, wer wird mir denn jetzt den Lockvogel anbinden bei diesen Schwärmen von Rin-geltauben, die es hier in der Ebene gibt?,

da schlug Paco, der Kurze, der sich zutiefst schuldig fühlte, um ihn zu beschwichtigen, am Boden liegend vor,

vielleicht der Quirce, mein Junge, der ist recht ge-schickt, Señorito Iván, zwar ein wenig murrköpfig, aber der könnte Ihnen nützlich sein,

dann verzog er das Gesicht, weil ihm das Bein weh-tat, und der Señorito Iván ging nachdenklich mit ge-senktem Kopf ein paar Schritte, doch schließlich stieg er auf einen kleinen Hangvorsprung, legte die Hände um den Mund und rief in Richtung Gutshof, ein-, zwei-, dreimal, immer kräftiger, immer ungeduldiger, immer unwirscher, und als niemand auf sein Rufen re-agierte, ging sein Mundwerk mit ihm durch, und er fing an zu fluchen, doch schließlich wandte er sich an Paco, den Kurzen,

bist du sicher, dass du nicht mehr weiterkannst, Paco?,

und Paco, der Kurze, an den Eichenstamm gelehnt,

wohl kaum, Señorito Iván,

da tauchte plötzlich Facundos Ältester am Hoftor auf, und der Señorito Iván zog ein weißes Taschentuch aus der Hosentasche und winkte wiederholt damit, woraufhin Facundos Junge die Arme kreisen ließ wie Windmühlenflügel, und nach einer Viertelstunde war er bereits keuchend bei ihnen angelangt, denn sobald der Señorito Iván rief, musste man zur Stelle sein, wie jeder wusste, vor allem wenn er mit der Flinte unterwegs war, und da legte ihm der Señorito die Hände auf die Schultern und drückte sie fest, um ihm die Wichtigkeit seines Auftrags klarzumachen, und sagte,

zwei Leute sollen kommen, hörst du?, der Paco braucht Hilfe, der hat sich verletzt, und der Quirce soll mich begleiten, hast du verstanden?,

und während er sprach, nickte der Junge mit den wachen Augen und dem dunklen Teint, und zur Erläuterung fügte der Señorito, mit dem Kinn auf Paco, den Kurzen, deutend, hinzu,

dieser Bastard da ist der Länge nach hingefallen, denkbar ungelegen, wie du siehst,

und nach einer Weile kamen zwei vom Gutshof und trugen Paco auf einer Bahre davon, während der Señorito Iván mit dem Quirce in den Eichenwald vordrang, darum bemüht, sich mit ihm zu verständigen, doch der Quirce, maulfaul – ja, nein, vielleicht –, abweisend, in sich gekehrt, zugeknöpft, so als wäre er stumm, mit dem Lockvogel aber stellte sich der Mistkerl geschickt an, geradezu virtuos, und wie, man brauchte ihm nur zu sagen, straff, sanft, lass locker, fest, und schon befolgte er strikt die Anweisung, wobei seine Bewegungen so präzise waren, dass die Ringeltauben arglos auf den Lockruf hin ausscherten, und der Señorito Iván, peng, peng!, peng, peng!, peng, peng!, ballerte pausenlos und hatte alle Hände voll zu tun, aber hin und wieder ging ein Schuss daneben, und bei jedem Fehlschuss spie er Gift und Galle, aber am meisten ärgerte ihn, dass er, wenn er gerecht sein wollte, die Schuld nicht auf andere schieben konnte, und obendrein grämte es ihn, dass der Quirce Zeuge seiner Fehlschüsse wurde, weshalb er zu ihm sagte,

das Missgeschick mit deinem Vater ist mir in die Glieder gefahren, mein Junge, mein Lebtag habe ich noch nicht so viele Tauben verfehlt wie heute,

worauf der Quirce, im Laub versteckt, erwiderte,

kann sein,

was dem Señorito die Fassung raubte,

weder kann sein noch kann nicht sein, verdammt, das ist eine Tatsache, so sicher wie das Amen in der Kirche,

und peng, peng!, peng, peng!, peng, peng!,

noch so ein Bastard entwischt!,

rief der Señorito Iván aus, und der dort oben, still, stumm, reglos, als wäre er nicht gemeint, und auf dem Rückweg zum Gutshof schaute der Señorito bei Paco vorbei,

wie geht's, Paco, wie fühlst du dich?,

muss, Señorito Iván,

er hatte das Bein auf einen Hocker hochgelegt, der Knöchel dick angeschwollen wie ein Rettungsring, das ist ein übler Bruch, haben Sie den Knochen nicht knacken hören?,

aber der Señorito kam gleich zur Sache,

mein Lebtag habe ich noch nicht so viele Tauben verfehlt wie heute Morgen, Paco, schrecklich, wie ein blutiger Anfänger, was mag bloß dein Junge gedacht haben?,

und Paco, der Kurze,

na ja, die Nerven, das ist normal,

und der Señorito Iván,

normal, normal, such keine Ausrede, wirklich, findest du das normal, Paco, bei den unzähligen Stunden Jagderfahrung, die ich habe, eine vorbeifliegende Hohltaube zu verfehlen auf eine Entfernung wie von hier bis zu dem Geranienbeet da?, he, Paco, sag, hast du mich je eine Taube auf eine Entfernung von hier bis zum Geranienbeet verfehlen sehen?,

und hinter ihm der Quirce, desinteressiert, gelangweilt, die Stange mit den Tauben in der einen Hand und in der anderen die Flinte im Futteral, schweigsam, still, und unterdessen erschien im Hauseingang unter dem Laubendach der Azarías, barfuß, die Füße schmutzverkrustet, die Hose in den Kniekehlen, mit seinem zahnlosen Grinsen, knurrend wie ein junger Hund, und Paco, leicht verlegen, zeigte förmlich mit dem Finger auf ihn,

hier, mein Schwager,

sagte er, und der Señorito Iván musterte den Azarías ausgiebig,

wahrlich, du hast eine taugliche Familie,

lautete sein Kommentar, aber der Azarías ging wie magisch angezogen auf die Stange mit den toten Tauben zu und nahm sie begierig in Augenschein, und plötzlich griff er sie sich mit der Hand und begutachtete sie eine nach der anderen, befühlte ihre Füße und Schnäbel, um zu prüfen, ob sie jung oder alt waren, Männchen oder Weibchen, und nach einer Weile hob er seine schläfrigen Augen, heftete sie auf die von Señorito Iván und fragte,

soll ich sie Ihnen rupfen?,

erkundigte er sich hoffnungsfroh, und der Señorito Iván,

verstehst du denn was vom Taubenrupfen?,

und Paco, der Kurze, vermittelte,

na und ob er was davon versteht, sein Lebtag hat er nichts anderes gemacht,

da nahm der Señorito Iván ohne weitere Erklärung dem Quirce die Stange aus der Hand und reichte sie dem Azarías,

nimm,

sagte er,

und wenn du sie gerupft hast, bring sie der Doña Purita in meinem Namen, denkst du dran?, und was dich betrifft, Paco, mach dich fertig, wir fahren nach Cordovilla zum Arzt, dein Bein gefällt mir gar nicht, und am Zweiundzwanzigsten haben wir Treibjagd,

und gemeinsam verfrachteten der Señorito Iván, der Quirce und die Régula Paco, den Kurzen, in den Land Rover, und in Cordovilla angekommen, tastete Manuel, der Doktor, seinen Knöchel ab, versuchte ihn zu bewegen und röntgte ihn, und als er fertig war, sagte er mit gerunzelter Stirn,

das brauche ich mir gar nicht weiter anzusehen, das Wadenbein, und der Señorito Iván,

was?,

es ist gesplittert,

aber der Señorito Iván weigerte sich, die Worte des Doktors zu akzeptieren,

mach mich nicht verrückt, Manolo, am Zweiundzwanzigsten haben wir Treibjagd auf dem Landgut, und da kann ich nicht auf ihn verzichten,

und Don Manuel, der sehr schwarze, sehr engstehende, sehr stechende Augen wie ein Inquisitor hatte und einen platten Hinterkopf, wie mit einer Kelle begradigt, zuckte die Schultern,

ich sag dir nur, wie es ist, Iván, dann kannst du machen, was immer du willst, du bist es, der die Zügel in der Hand hat,

und der Señorito Iván verzog missmutig den Mund,

darum geht es nicht, Manolo,

und der Doktor,

im Moment kann ich nicht mehr machen als ihm das Bein schienen, es ist stark entzündet, da würde ein Gips nichts nützen, und in einer Woche bringst du ihn mir wieder her,

und Paco, der Kurze, schwieg und blickte verschlagen von einem zum anderen,

diese Knöchelbrüche sind ja nicht schlimm, aber vertrackt, es tut mir leid, Vancito, aber du wirst dir wohl einen anderen Jagdgehilfen besorgen müssen,

und der Señorito Iván, nachdem es ihm für eine Weile die Sprache verschlagen hatte,

verdammter Mist, hörst du, dabei habe ich noch Glück gehabt, der ist so weit vor mir abgestürzt,

er zeigte auf den Rand des Teppichs,

dass der Bastard mir nicht das Genick gebrochen hat, grenzt an ein Wunder,

und nachdem sie sich ein paar Minuten unterhalten hatten, kehrten sie aufs Landgut zurück, bis der Señorito Iván eine Woche später Paco, den Kurzen, wieder abholte, um im Land Rover mit ihm nach Cordovilla zu fahren, wo er, bevor der Doktor die Schiene abnahm, diesen bedrängte,

könntest du dir nicht was einfallen lassen, Manolo, damit er sich am Zweiundzwanzigstens wieder bewegen kann?,

doch der Doktor schüttelte energisch seinen platten Schädel, nein,

der Zweiundzwanzigste ist sozusagen übermorgen, Iván, und der Mann muss fünfundvierzig Tage den Gips tragen, aber du kannst ihm sehr wohl ein paar Krücken besorgen, damit er in einer Woche schon einmal anfängt, sich etwas im Haus zu bewegen,

und als er mit dem Eingipsen fertig war, machten sich Paco, der Kurze, und der Señorito Iván auf den Heimweg, beide schweigend, distanziert, so als sei gerade erst ein fundamentales Band zwischen ihnen zerrissen, und hin und wieder seufzte Paco, der Kurze, da er sich schuldig fühlte an diesem Bruch, und versuchte, die Spannung zu lösen,

glauben Sie mir, ich bedaure es am meisten, Señorito Iván,

aber der Señorito Iván saß, den Blick starr nach vorn durch die Windschutzscheibe in die Ferne gerichtet, mit gerunzelter Stirn am Steuer, ohne ein Wort zu sagen, während Paco lächelnd versuchte, sein Bein zu bewegen, dieses Ding wiegt ganz schön schwer,

fuhr er fort, doch der Señorito Iván rührte sich nicht, in sich gekehrt, wich er den Schlaglöchern aus, bis es beim vierten Versuch von Paco, dem Kurzen, aus ihm herausbrach,

schau, Paco, die Ärzte können viel sagen, aber du darfst dich jetzt nicht gehenlassen, du musst dich anstrengen, laufen, meine Großmutter, Gott hab sie selig, hat sich gehenlassen, und du weißt ja, lahm für den Rest ihres Lebens, in derlei Fällen, ob mit oder ohne Krücken, muss man sich bewegen, raus aufs Feld gehen, auch wenn es schmerzt, denn sobald du dich gehenlässt, bist du verloren, das sag ich dir,

und als sie das Tor durchfahren hatten, begegneten sie auf dem Hof dem Azarías mit der Dohle auf der Schulter, der sich nach dem Motorengeräusch ihnen zuwandte und sich dem Autofenster sabbernd, mit geblecktem Zahnfleisch, näherte,

sie wollte nicht mit den Milanen fortziehen, nicht wahr, Quirce?,

sagte er, die Dohle streichelnd, aber der Quirce schwieg, die runden, dunklen, trübsinnigen Pupillen wie die einer Waldschnepfe auf den Señorito Iván gerichtet, während der Señorito Iván aus dem Wagen stieg, fasziniert von dem schwarzen Vogel, der dem Azarías auf der Schulter hockte,

kannst du auch Vögel abrichten?,

fragte er und streckte den Arm aus in der Absicht, die Dohle zu packen, doch der Vogel stieß ein verängstigtes *Kwia* aus und flog hinauf zur Dachtraufe der Kapelle, und der Azarías lachte mit seitwärts mahlender Kinnlade, sie ist schreckhaft,

sagte er, und der Señorito Iván,

verständlich, ich bin ihr suspekt, sie kennt mich ja nicht,

dann wandte er den Blick nach oben zu dem Vogel, kommt er jetzt nicht mehr herunter?,

wollte er wissen, und der Azarías,

i wo, der kommt schon runter, passen Sie auf,

und seine Kehle stimmte ein samtweiches, salbungsvolles *Kwia* an, woraufhin die Dohle unruhig auf ihren Füßen schwankte, mit schiefem Kopf den Hof inspizierte und sich schließlich in die Tiefe stürzte, mit ausgebreiteten Schwingen im Gleitflug zweimal den Wagen umrundete, um sich dann auf Azarías' Schulter niederzulassen, wo er an dessen Hinterkopf herumpickte, mit dem Schnabel in seinem weißen Haar wühlend, als wollte er ihn lausen, und der Señorito Iván, entgeistert,

das ist ja ulkig, er fliegt herum, aber reißt nicht aus,

während Paco, der Kurze, sich langsam dem Grüppchen näherte und, sich mit seinem ganzen Körpergewicht auf die Krücken stützend, an den Señorito Iván gewandt sagte,

na ja, er hat sie aufgezogen, und sie ist abgerichtet, wissen Sie,

und der Señorito Iván mit wachsendem Interesse, und was macht dieses Tierchen so am Tag?,

schauen Sie, was alle machen, den Korkeichen die Rinde wegpicken, Glasscherben suchen, den Schnabel am Stein der Tränke wetzen, sich für ein Nickerchen auf der Weide niederlassen, das Tier vertreibt sich halt die Zeit, so gut es geht, und während Paco redete, musterte der Señorito aufmerksam den Azarías, und nach einer Weile blickte er Paco, den Kurzen, an und sagte leise, halb zur Seite, so als redete er mit sich selbst,

ich meine, Paco, mit diesem Talent, das er da vergeudet, würde dein Schwager nicht einen guten Jagdgehilfen abgeben?,

aber Paco, der Kurze, schüttelte den Kopf, verlagerte sein Körpergewicht auf den linken Fuß, um sich mit der rechten Hand an die Stirn zu tippen, und sagte,

mit der Taubenjagd vielleicht, aber für die Rebhuhnjagd reicht es hier im Oberstübchen nicht,

von dem Tag an besuchte der Señorito Iván Paco, den Kurzen, jeden Morgen, um ihn anzutreiben,

Paco, beweg dich, verdammt noch mal, lass dich nicht so hängen, du wirkst eher wie gelähmt, vergiss nicht, was ich dir gesagt habe,

aber Paco, der Kurze, sah ihn mit seinen traurigen Augen wie ein Hühnerhund an,

das ist leicht gesagt, Señorito Iván,

und der Señorito Iván,

schau, der Zweiundzwanzigste naht,

und Paco, der Kurze,

was hilft's, mir tut's selbst am meisten leid, Señorito Iván,

und der Señorito Iván,

mir tut's selbst am meisten leid, mir tut's selbst am meisten leid, nichts als faule Ausreden, ein Mann, ein Wille, verdammt, Paco, du willst es nicht verstehen, ohne Wille kein Mann, Paco, du musst dich überwinden, auch wenn es wehtut, sperr die Augen auf, sonst machst du nie was aus deinem Leben, machst dich nur für andere entbehrlich, hörst du?,

so sehr redete der Señorito Iván auf ihn ein, bedrängte, ja nötigte ihn, bis Paco, der Kurze, unter Schluchzen stammelte,

sobald ich den Fuß aufsetze, ist mir, als würde man ihn mir am Spann zersägen, Sie glauben gar nicht, wie weh das tut, Señorito Iván,

Einbildung, Paco, reine Einbildung, kannst du nicht die Krücken zu Hilfe nehmen?,

und Paco, der Kurze,

Sie sehen ja, nur mühsam und auf ebenem Boden,

aber als dann der Morgen des Zweiundzwanzigsten kam, erschien der Señorito Iván im Morgengrauen unbeirrt in seinem braunen Land Rover bei Paco, dem Kurzen, vor der Haustür,

na los, auf geht's, Paco, wir sind auch ganz vorsichtig, sei du nur unbesorgt,

und sobald Paco, der Kurze, der mit leichtem Widerwillen herbeikam, die Stiefelwichse sowie den Thymian und den Lavendel in den Hosenbeinnähten des Señorito roch, vergaß er sein Bein und stieg in den Wagen, während die Régula jammerte,

na, wenn wir das nicht noch büßen müssen, Señorito Iván,

keine Sorge, Régula, ich werde ihn dir heil zurückbringen,

und im Herrenhaus waren die Señoritos aus Madrid fieberhaft mit den Vorbereitungen beschäftigt, und der Señor Minister, der Señor Graf und die Señorita Miriam, die sich ebenfalls für die Treibjagd begeisterte, sie alle rauchten und unterhielten sich lauthals, während sie mit Kaffee und Migas beim Frühstück saßen, und als Paco den Speiseraum betrat, wuchs die Euphorie, denn Paco, der Kurze, schien das Interesse an der Treibjagd auf sich zu lenken, und jeder rief seinerseits aus,

Mann, Paco!,

wie konntest du nur so heftig stürzen, verdammt?, klar, noch schlimmer wäre eine gebrochene Nase,

und der Botschafter war bemüht, dem Herrn Minister leise die jagdspezifischen Vorzüge von Paco, dem Kurzen, zu erklären, während Paco beim Versuch, auf jeden einzugehen, mit Verweis auf die Krücken, die er quasi als Zeugen anrief, betonte,

verzeihen Sie, dass ich die Mütze nicht abnehme,

und sie,

das fehlte gerade noch, Paco,

und die Señorita Miriam lächelnd, mit ihrem offenen, strahlenden Lächeln,

werden wir einen guten Tag haben, Paco?,

und angesichts der zu erwartenden Prophezeiung breitete sich unter den Gästen Schweigen aus, und Paco, der Kurze, sprach, an alle gewandt,

der Morgen ist klar, wenn nichts schiefläuft, denke ich, haben wir gewonnenes Spiel,

und unterdessen zog der Señorito Iván aus einem Schubfach der florentinischen Truhe die im Laufe der Zeit durch Abnutzung schwärzlich verfärbte Lederschatulle mit den Perlmuttschildchen hervor, die aussah wie ein Zigarettenetui, und jemand sagte,

die Stunde der Wahrheit hat geschlagen,

und einer nach dem anderen nahm feierlich, als befolgten sie ein altes Ritual, ein Schildchen mit der am Rand verborgenen Nummer an sich, wir lösen uns jeweils zwei zu zwei ab,

verkündete der Señorito Iván, und nun befragte der Señor Graf als Erster sein Blatt und rief lauthals aus,

die Neun!,

dann fing er ohne weitere Erklärung an, dümmlich zu klatschen, und applaudierte sich selbst so voller Begeisterung mit einem Gesicht, das vor lauter Glück strahlte, dass der Señor Minister an ihn herantrat,

ist die Neun denn so gut, Graf?,

und der Señor Graf,

gut, was glaubst du denn, Minister, ein Fels am Fuß eines Abhangs in der Talsohle, dort stoßen sie herab wie blöd, und wenn sie dich beäugen wollen, bleibt ihnen keine Zeit mehr, wieder aufzufliegen; dreiundvierzig habe ich letztes Jahr auf diesem Posten abgeknallt,

und inzwischen schrieb sich der Señorito Iván die Namen der Schützen mit den entsprechenden Nummern in ein Notizbuch, und als er den letzten eingetragen hatte, verstaute er das Büchlein in der Brusttasche seiner Patronenweste,

auf geht's, es wird Zeit,

drängte er, und jeder kletterte in seinen Land Rover mit dem jeweiligen Jagdgehilfen, der Doppelflintenausrüstung und den Patronentaschen, während Crespo, der Oberwächter, die Treiber, die Jagdhornbläser und die Fahnenträger auf die Traktoranhänger verfrachtete, bis sich schließlich alle in Bewegung setzten, wobei der Señorito Iván gegenüber Paco, dem Kurzen, jedwede Rücksicht walten ließ, was nicht nur so dahingesagt ist, denn er fuhr ihn im Jeep bis zum Jagdschirm, wo es keine Piste gab, querbeet und passierte, wenn nötig, sogar Bäche an einer seichten Stelle und mit größter Vorsicht,

du, Paco, warte hier, rühr dich nicht vom Fleck, ich werde den Wagen hinter diesem Steineichengebüsch verstecken,

so weit, so gut, wäre da nicht das Einsammeln der Beute gewesen, denn Paco kam schlecht voran mit den Krücken und blieb zurück, während die Gehilfen der Nachbarposten seine Langsamkeit ausnutzten, um sich die toten Vögel zu schnappen,

Señorito Iván, der Ceferino hat sich zwei Rebhühner unter den Nagel gerissen, die nicht ihm gehören,

klagte er, und der Señorito Iván, wutentbrannt,

Ceferino, her mit den zwei Vögeln, du verfluchter Bastard, mal sehen, ob Pacos Fuß dafür herhält, einen armen Krüppel zu verarschen,

brüllte er, aber ein anderes Mal war es Facundo und dann wieder Ezequiel, der Schweinehirt, und der Señorito Iván kam nicht gegen alle an, unmöglich, sich an allen Fronten zur Wehr zu setzen, und immer verstimmter, immer übellauniger,

kannst du dich nicht etwas flotter bewegen, Paco, verdammt?, du wirkst ja wie eine Dampfwalze, wenn du nicht aufpasst, klauen sie dir glatt noch die Hose vom Hintern,

und Paco, der Kurze, gab sich alle Mühe, aber die Stoppelfelder machten ihm den Weg noch beschwerlicher, weil er dort den Fuß nicht flach aufsetzen konnte, und auf einmal, zack, landete er auf dem Boden wie ein Frosch,

ach, Señorito Iván, jetzt ist mir der Knochen wieder zu Bruch gegangen, ich hab's gespürt, da kam der Señorito, der zum ersten Mal in der Geschichte des Landguts bei der dritten Treibjagd fünf Vögel weniger als der Señor Graf erbeutet hatte, angelaufen, außer sich, Gift und Galle spuckend,

was ist bloß in dich gefahren, Paco, verdammt, das reicht jetzt an Sauereien, meinst du nicht?,

aber Paco, der Kurze, beharrte, am Boden liegend,

das Bein, Señorito Iván, der Knochen ist wieder gebrochen,

und die Flüche des Señorito Iván waren bis Cordovilla zu hören,

kannst du dich nicht aufrappeln, versuch doch wenigstens, wieder auf die Füße zu kommen, Mann,

aber Paco, der Kurze, versuchte es gar nicht erst, an den Feldrain gelehnt, hielt er sich das kranke Bein mit beiden Händen umklammert, unempfänglich für das Gezeter vom Señorito Iván, bis der schließlich einlenkte,

in Ordnung, Paco, jetzt bringt der Crespo dich erst mal heim, du legst dich hin, und am späten Nachmittag, wenn wir fertig sind, bring ich dich zu Don Manuel,

und Stunden später war Don Manuel, der Arzt, besorgt, als er ihn sah,

Sie sollten sich mehr in Acht nehmen,

da versuchte Paco, der Kurze, sich zu rechtfertigen, ich …,

aber der Señorito hatte es eilig und unterbrach ihn,

mach voran, Manuel, ich habe den Minister allein zurückgelassen,

der Knochen ist wieder gebrochen, logisch, kaum verheilte Grünholzfraktur, absolute Ruhigstellung, und der Señorito Iván,

und morgen, was mache ich morgen, Manolo?, das ist keine Spinnerei, ich schwör's dir,

und der Doktor, während er sich den Kittel auszog,

mach, was du willst, Vancito, wenn du diesen armen Mann für den Rest seiner Tage ins Unglück stürzen willst, dann bitte schön,

und zurück im braunen Land Rover, zündete sich der Señorito Iván stumm, ohne ein Wort, eine Zigarette nach der anderen an und würdigte Paco keines Blickes, als hätte der das absichtlich getan,

eine schöne Sauerei,

wiederholte er nur ab und zu mit zusammengepressten Zähnen, während Paco schwieg und die Feuchte des neuen Gipsverbands auf der Wade spürte, und als sie an Las Tapas vorbeifuhren, rannten heulend die Hofhunde hinter dem Wagen her, und bei dem Gebell schien der Señorito Iván aus seiner Grübelei aufzutauchen, er schüttelte den Kopf, als wollte er ein Gespenst loswerden, und fragte Paco, den Kurzen, unverhofft,

welcher von deinen Jungs ist der cleverste?,

und Paco,

die stehen sich in nichts nach,

und der Señorito Iván,

der mich zur Taubenjagd begleitet hat, wie heißt der noch mal?,

der Quirce, Señorito Iván, der taugt mehr für die Landarbeit,

und der Señorito Iván nach einer Pause,

man kann auch nicht gerade behaupten, der sei sehr gesprächig,

nein, Señor, so ist er nun mal, Sache der Jugend,

und der Señorito Iván, während er sich erneut eine Zigarette anzündete,

kannst du mir mal sagen, Paco, was die Jugend von heute will, die ist doch nirgendwo zufrieden?,

und am nächsten Morgen unter dem Jagdschirm fühlte sich der Señorito Iván unwohl angesichts von Quirces hartnäckiger Verschlossenheit, seiner olympischen Teilnahmslosigkeit,

hast du Langeweile?,

wollte er vom Quirce wissen,

sehen Sie, weder Langeweile noch keine Langeweile,

bevor er wieder in Schweigen versank, ohne jegliches Interesse an der Treibjagd, doch beim Nachladen der Doppelflinten war er flink und sicher und ortete klug und ohne Vertun die erlegten Rebhühner, doch wenn es ums Einsammeln der Beute ging, erwies er sich als schwach und nachgiebig gegenüber der unersättlichen Gier der Nachbargehilfen, und der Señorito Iván brüllte,

Ceferino, du Bastard, nutz das ja nicht aus, dass der Junge neu ist, na los, gib ihm diesen Vogel,

und im Schutz des Jagdschirms, wo eine fast häusliche Atmosphäre herrschte, die zu Vertraulichkeiten einlud, bemühte sich der Señorito Iván, den Quirce zu gewinnen, ihm ein wenig Begeisterung einzuflößen, aber der Junge, ja, nein, vielleicht, kann sein, schauen Sie, von Mal zu Mal distanzierter und mürrischer, so dass der Señorito zunehmend geladen war, wie unter Strom, und nach Beendigung der Jagd im Speisesaal des Herrenhauses Dampf abließ,

diese jungen Leute, sag ich dir, Minister, die wissen nicht, was sie wollen, in diesen gesegneten Friedenszeiten, deren wir uns erfreuen, haben sie es zu leicht gehabt, ich würde ihnen einen Krieg wünschen, meinst du nicht, so gut wie in der heutigen Zeit haben sie noch nie gelebt, jeder hat wenigsten seine fünf Duros in der Tasche, ich glaube, das steigt ihnen zu Kopf, weißt du, was dieser Bengel vom Paco sich heute Nachmittag geleistet hat?,

und der Minister blickte ihn aus den Augenwinkeln an, während er mit Appetit ein Filetstück verschlang und sich anschließend behutsam mit der schneeweißen Serviette die Lippen abtupfte,

erzähl mal,

und der Señorito Iván,

ganz einfach, nach der Jagd habe ich ihm einen Hunderterschein zugesteckt, zwanzig Duros, nicht wahr?, und er, lassen Sie mal, bemühen Sie sich nicht, und ich, geh dafür mal einen trinken, Mann, und er, ich habe nein gesagt, kurzum, nichts zu machen, wie findest du das?, da denke ich an vorher, also vor vier Tagen, sein eigener Vater, der Paco, meine ich, der sagte noch danke, Señorito Iván, tausend Dank, voller Respekt, man hat den Eindruck, die Jugend von heute stört sich daran, eine Hierarchie zu akzeptieren, aber das ist meine Meinung, Minister, vielleicht habe ich ja unrecht, wir müssen uns alle, mal mehr, mal weniger, einer Hierarchie fügen, die einen unten, die anderen oben, so ist doch das Gesetz des Lebens, oder?,

die Tischgesellschaft verharrte minutenlang in gespannter Erwartung, während der Minister kauend nickte, außerstande, etwas zu sagen, und als er den Bissen endlich hinuntergeschluckt hatte, tupfte er sich sachte mit der weißen Serviette die Lippen und befand, die Autoritätskrise greift heutzutage auf allen Ebenen um sich,

die Gäste gaben dem Minister mit einschmeichelndem Kopfnicken und zustimmenden Äußerungen recht, während die Nieves die Teller austauschte, indem sie den schmutzigen mit der linken Hand abräumte und den sauberen mit der rechten hinstellte, mit scheuem Blick und verschlossenen Lippen, und der Señorito Iván aufmerksam das Verhalten des Mädchens verfolgte, und als er dran war, blickte er ihr unverfroren direkt ins Gesicht, so dass sie feuerrot anlief, und dann sagte der Señorito Iván,

dein Bruder, Kleine, also der Quirce, kannst du mir mal sagen, warum der so muffig ist?,

worauf die Nieves, immer nur mit einem vagen Lächeln die Schultern zuckte und ihm schließlich mit zitternder Hand von rechts den Teller hinstellte und so mehr schlecht als recht während des gesamten Abendessens, und spätabends, als es Zeit war, schlafen zu gehen, rief der Señorito Iván sie erneut zu sich,

Kindchen, zieh mir mal den Stiefel aus, sei so gut, heute will er partout nicht, völlig unmöglich, ihn runterzukriegen,

und das Mädchen zog am Stiefel, erst an der Spitze, dann am Hacken, Spitze – Hacken, Spitze – Hacken, schaukelnd, bis der Stiefel runter war, doch dann streckte der Señorito Iván träge der Schuhauszieherin das andere Bein entgegen,

und jetzt den anderen, Kindchen, wenn du schon dabei bist, dann ganz,

und als ihm die Nieves den zweiten Stiefel ausgezogen hatte, ließ der Señorito Iván die Füße auf dem Teppich ruhen, lächelte vage und sagte, den Blick auf das Mädchen gerichtet,

weißt du, Kindchen, dass du auf einmal ganz schön aufgeblüht bist und eine hübsche Figur entwickelt hast?,

und die Nieves verlegen, mit verzagter Stimme,

wenn der Señorito nichts weiter braucht …,

doch der Señorito Iván brach in schallendes Gelächter aus, unbefangen, strahlend,

keiner von euch geht nach dem Vater, Paco, meine ich, Kindchen, stört es dich auch noch, dass ich deine Figur lobe?,

und die Nieves,

das ist es nicht, Señorito Iván,

da zog der Señorito Iván sein Zigarettenetui aus der Tasche, klopfte sich darauf seine Zigarette zurecht und zündete sie an,

wie alt bist du, Kindchen?,

ich werde bald fünfzehn, Señorito Iván,

und der Señorito Iván lehnte den Nacken im Sessel zurück und blies ganz gemächlich und entspannt zarte Rauchspiralen in die Luft,

das ist wirklich noch nicht viel, du kannst gehen,

genehmigte er,

aber als die Nieves schon an der Tür war, rief er ihr noch nach,

ach, und sag deinem Bruder, beim nächsten Mal soll er nicht so unwirsch sein, Kindchen,

dann ging die Nieves, in der Küche aber beim Töpfeschrubben konnte sie sich gar nicht beruhigen, sie ließ die Teller fallen, eine Schüssel ging ihr zu Bruch, so dass die Leticia, die aus Cordovilla, die zur Treibjagd immer zum Gutshof kam, sie fragte, darf man mal erfahren, was heute Abend mit dir los ist, Mädchen?,

aber die Nieves schwieg, kam gar nicht mehr heraus aus ihrer Verwirrtheit, und als sie nach Mitternacht endlich mit der Arbeit fertig war, entdeckte sie auf dem Heimweg quer durch den Park den Señorito Iván und Doña Purita, wie sie sich im Mondschein unter dem Laubendach leidenschaftlich küssten.

SECHSTES BUCH

Das Verbrechen

DON PEDRO, der Verwalter, erschien zu Hause bei Paco, dem Kurzen, zaudernd, unschlüssig, doch mit aufgesetzter Großspurigkeit, obwohl ein Mundwinkel, der die Wange Richtung rechtes Ohr zog, seine Verunsicherung verriet,

du hast also die Señora, ich meine, Doña Purita, nicht weggehen sehen, Régula,

und die Régula,

äh, nein, Señor, durchs Hoftor ist sie nicht gekommen, ich sag doch, gestern Abend haben wir den Riegel nur zurückgeschoben, um den Señorito Iván mit dem Wagen passieren zu lassen,

und Don Pedro, der Verwalter,

bist du dir da sicher, Régula?,

und die Régula,

äh, so sicher, wie dass die Erde diese meine Augen verschlucken wird, Don Pedro,

und neben ihr bestätigte Paco, der Kurze, auf seine Krücken gestützt, ihre Worte, während der Azarías dümmlich grinste mit der Dohle auf der Schulter, und als er nichts weiter herausbekam, gab Don Pedro, der Verwalter, schließlich auf und verschwand über den Hof Richtung Herrenhaus mit hängendem Kopf und eingezogenen Schultern und schlug sich abwechselnd auf die Taschen seines Lodenmantels, als hätte er nicht seine Frau, sondern seine Brieftasche verloren, und kaum war er außer Sichtweite, trat die Nieves mit der Charito im Arm aus der Tür und sagte unvermittelt,

Vater, Doña Purita war gestern Nacht im Laubengang eng umschlungen mit dem Señorito Iván, du meine Güte, was für Küsse!,

dann senkte sie den Kopf wie zur Entschuldigung, und Paco, der Kurze, setzte die Krücken vor und näherte sich, darauf gestützt, der Nieves,

du hältst den Mund, Kind,

sagte er alarmiert,

weiß irgendwer, dass du sie zusammen gesehen hast?,

und die Nieves,

wer sollte das wissen, es war schon nach Mitternacht, und im Herrenhaus befand sich keine Menschenseele mehr,

und Paco, der Kurze, dem die Besorgnis aus den Augen und den empfindsamen Löchern seiner platten Nase quoll, senkte hörbar die Stimme,

kein Wort darüber, hörst du?, bei Angelegenheiten der Herrschaft gilt für dich: hören, sehen, schweigen,

doch sie hatten ihre Unterredung noch nicht beendet, als Don Pedro, der Verwalter, zurückkehrte, im offenen Mantel, ohne Krawatte, totenbleich, die großen behaarten Hände schlaff am Körper herabhängend, die Kinnlade wie entgleist,

im Herrenhaus ist Doña Purita eindeutig auch nicht,

sagte er nach kurzem Zögern,

Doña Purita ist nirgends zu finden, setzt das gesamte Hofpersonal in Kenntnis, vielleicht wurde Doña Purita ja entführt, und wir verschränken hier die Arme und vertun unsere Zeit,

aber er hatte nicht die Arme verschränkt, sondern rieb sich eine Hand an der anderen, während er mit irren Augen zu ihnen aufblickte, woraufhin Paco, der Kurze, Haus um Haus rund um den Hof informierte, und sobald alle versammelt waren, erklomm Don Pedro den Rand der Tränke und gab Doña Puritas Verschwinden bekannt,

sie ist noch im Herrenhaus geblieben, um die Aufräumarbeiten zu organisieren, während ich schon schlafen ging, danach habe ich sie nicht mehr gesehen, hat einer von euch Doña Purita noch nach Mitternacht gesehen?,

doch die Männer blickten sich mit undefinierbarem Ausdruck an, manche schoben die Unterlippe vor, um ihre Ahnungslosigkeit zu unterstreichen, oder schüttelten entschieden den Kopf, und Paco, der Kurze, blickte die Nieves an, aber die Nieves ließ sich anstarren, während sie ruhig die Charito wiegte, ohne ja oder nein zu sagen, teilnahmslos, doch als Don Pedro, der Verwalter, sie plötzlich ins Visier nahm, lief sie vor lauter Schreck rot an,

du, Mädchen,

sagte er,

du warst doch noch im Herrenhaus, als wir uns schon zurückgezogen hatten und Doña Purita dort weiter herumhantierte, hast du sie nicht später noch gesehen?,

doch Nieves, zutiefst verlegen, verneinte, wobei sie das Hin und Her ihrer die Kleine wiegenden Arme mit

dem Kopf begleitete, und auf ihren negativen Bescheid
hin klopfte Don Pedro, der Verwalter, immer wieder
verzweifelt die Taschen in den Falten seines Mantels
ab, während er sich mit einem nervösen Zucken seines
rechten Mundwinkels von innen auf die Wange biss,

in Ordnung,

sagte er,

ihr könnt gehen,

dann wandte er sich der Régula zu,

du, Régula, warte einen Moment,

und dann, mit der Régula unter vier Augen, wurde
der Mann deutlich,

Doña Purita muss mit ihm weggegangen sein, mit
dem Señorito Iván, meine ich, Régula, einfach nur, um
mich zum Narren zu halten, denk dir nichts anderes
dabei, das nicht, aber sie muss zwangsläufig durchs Tor
verschwunden sein, es gibt keine andere Erklärung,

und die Régula,

äh, mit dem Señor Iván ist sie ganz sicher nicht fort,
denn der Señor Iván war allein, nichts weiter, er hat
nur zu mir gesagt, Régula, hat er gesagt, kümmere dich
um den Mann, den Paco, wissen Sie?, denn vor Ende
des Monats geh ich wieder auf Taubenjagd, und da
brauch ich ihn, das hat er gesagt, und ich habe den Riegel zurückgeschoben, und weg war er,

aber Don Pedro, der Verwalter, wurde ungeduldig,

der Señorito Iván war doch im Mercedes unterwegs,
nicht wahr, Régula?,

und die Régula blickte verschüchtert drein,

äh, Don Pedro, Sie wissen doch, davon versteh ich
nichts, er hatte den blauen Wagen dabei, reicht Ihnen
das?,

den Mercedes,

bestätigte Don Pedro, und dann zog er in rascher Abfolge ein paar derart verzerrte Grimassen, dass die Régula dachte, sein Gesicht würde sich nie und nimmer mehr entzerren,

eins noch, Régula, hast du darauf geachtet ..., hast du darauf geachtet, ob der Señor Iván auf den hinteren Sitzen zufällig den Trenchcoat, irgendwelche Kleidung oder den Handkoffer dabeihatte?,

und die Régula,

äh, darauf habe ich nicht geachtet, wenn Sie wollen, dass ich ehrlich zu Ihnen bin,

und Don Pedro versuchte ein Lächeln, um die Angelegenheit herunterzuspielen, doch es gefror ihm zu einer Grimasse, und mit diesem Zug um die Lippen, als hätte er Magenschmerzen, neigte er sich vertraulich zu Régulas Ohr und wurde noch deutlicher,

Régula, überleg es dir zweimal, bevor du antwortest, fuhr nicht ..., fuhr nicht vielleicht Doña Purita mit im Wagen, zum Beispiel im Liegen, sagen wir mal, auf der Rückbank, von einem Mantel oder einem anderen Kleidungsstück verdeckt, versteh mich recht, nicht dass ich misstrauisch wäre, du weißt schon, was ich meine, vielleicht hat sie sich einen Scherz erlaubt und ist nach Madrid verschwunden, um mir eins auszuwischen,

und die Régula kniff für einen Moment die Augen zusammen und,

äh, ich habe nur den Señor Iván gesehen, Don Pedro, und als ich hinging, hat der Señor Iván zu mir gesagt, Régula, kümmere dich um den Mann, den Paco, wissen Sie?, ja, ja, ja…,

fuhr ihr Don Pedro aufbrausend ins Wort,

dieses Märchen hast du mir schon mal aufgetischt, Régula,

dann machte er auf dem Absatz kehrt und entfernte sich, und von da an sah man ihn ziellos über den Hof wandern, von einem Ort zum andern, das Kinn auf der Brust, mit gebeugtem Rücken und eingezogenen Schultern, als wollte er sich unsichtbar machen, und ab und zu schlug er sich entmutigt mit den Handflächen auf die Manteltaschen, und so verstrich eine Woche, bis Don Pedro am folgenden Samstag, sobald vor dem Hoftor die Hupe des Mercedes ertönte, eine Hand mit der anderen festhaltend, damit man das Zittern nicht merkte, zum Tor herbeigeeilt kam, und während die Régula den Riegel zurückschob, er, Don Pedro, versuchte, sich zu fassen, und als sich der Mercedes endlich in Bewegung setzte und lautlos bis zu den Geranienbeeten rollte, konnte jeder sehen, dass der Señorito Iván allein kam in seiner Wildlederjacke voller Reißverschlüsse, mit dem Seidenschal um den Hals und der Schirmmütze aus feinem Tuch, die sein rechtes Auge beschattete, und weiter unten stach mitten in dem goldbraunen Gesicht sein breites, strahlendes Grinsen hervor, während Don Pedro seine Ungeduld nicht mehr bezähmen konnte und gleich dort, im Patio, im Beisein von der Régula und Paco, dem Kurzen, der an der Tür erschienen war, wissen wollte,

eine Frage, Iván, hast du nicht zufällig neulich Doña Purita gesehen, abends nach dem Essen? Ich weiß nicht, was mit ihr passiert sein mag, auf dem Gutshof ist sie nicht und…,

und während er so sprach, wurde Señorito Iváns
Grinsen samt blitzendem Gebiss immer breiter, während er mit gespieltem Übermut die Mütze mit einem
Finger nach hinten schnippte, so dass seine Stirn und
der Ansatz seiner pechschwarzen Haare zum Vorschein kamen,

sag bloß, du hast deine Frau verloren, Pedro, habt ihr
mal wieder gestritten wie üblich, und sie ist zu ihrer
Mutter geflüchtet, wo sie sehnlichst deiner Ankunft
harrt?,

und Don Pedro hob und senkte seine knochigen
Schultern, denn in einer Woche war dieser Mann gealtert wie andere in zwanzig Jahren nicht, madonnenhaft, mit hohlen Wangen, bläulich vor lauter Fahlheit,
ständig mit dem Mund nach Luft schnappend, und
schließlich gab er zu,

streiten, ja, wir streiten, Iván, die Dinge sind, wie sie
sind, wie gewöhnlich abends, aber sag mir, wo hat die
Frau den Hof verlassen, während die Régula Stein und
Bein schwört, sie habe den Riegel nur für dich zurückgeschoben, he?, denk nur, wäre sie querfeldein durch
die Eichenwälder verschwunden, hätten die Hunde sie
zerfetzt, du weißt doch, wie die drauf sind, schlimmer
als wilde Tiere,

und der Señorito Iván schien nachzudenken, während er eine Haarsträhne um seinen rechten Zeigefinger wickelte, bevor er nach einer Weile sagte,

wenn ihr euch gezankt habt, kann sie sich in meinen
Kofferraum verkrochen haben, Pedro, oder unterm
Rücksitz, der Mercedes bietet ja viel Platz, verstehst
du?, ich meine, sie kann sich überall versteckt haben
und dann in Cordovilla oder in Fresno, wo ich getankt

habe, ausgestiegen sein, ohne dass ich es bemerkt hätte, Pedro, oder, wenn du drauf bestehst, auch erst in Madrid, nicht wahr?, zerstreut wie ich bin, hätte ich es nicht einmal mitbekommen …,

und Don Pedro, dem Verwalter, füllten sich die Augen mit Glanz und Tränen,

sicher, Iván, so kann es natürlich gewesen sein,

sagte er, und der Señorito Iván rückte sich die Schirmmütze zurecht, setzte erneut sein breites Grinsen auf und verpasste Don Pedro, dem Verwalter, durchs Seitenfenster einen freundschaftlichen Klaps auf die Schulter,

denk dir nichts dabei, Pedro, du hast einen starken Hang zum Melodramatischen, die Purita mag dich, das weißt du doch, und außerdem, lachte er,

deine Stirn ist glatt wie die Fläche einer Hand, du kannst also ruhig schlafen,

dann lachte er wieder, setzte, zur Windschutzscheibe vorgebeugt, den Wagen in Gang und fuhr in Richtung Haupthaus, doch vor dem Abendessen erschien er erneut in dem Häuschen bei Paco, dem Kurzen,

wie geht's eigentlich dem Bein, vorhin habe ich dich wegen Don Pedros leidigem Getue gar nicht mehr gefragt,

Sie sehen ja, Señorito Iván, so ganz allmählich,

da beugte sich der Señorito Iván vor, blickte ihm fest in die Augen und sagte in herausforderndem Ton,

du hast wohl nicht den Mumm, Paco, um morgen mit zur Taubenjagd zu gehen,

und Paco, der Kurze, musterte ihn, um zu enträtseln, ob er es ernst meinte oder nur scherzte, doch er fand keine Lösung, und so fragte er,

meinen Sie das im Ernst oder im Scherz, Señorito
Iván?,

da kreuzte der Señorito Iván den Daumen über den
Zeigefinger, küsste ihn und setzte eine entsprechende
Miene auf,

ich meine es ernst, Paco, das schwöre ich dir, du
weißt doch, bei allem, was die Jagd betrifft, scherze ich
nicht, und mit deinem Jungen, dem Quirce, macht es
keinen Spaß, na ja, ich will ehrlich zu dir sein, Paco, es
wirkt gerade so, als täte er einem einen Gefallen, verstehst du?, aber so ist es ja nicht, Paco, du kennst mich
doch, ehe ich mich auf der Jagd unbehaglich fühle,
bleibe ich lieber zu Hause,

doch Paco, der Kurze, zeigte mit einem Finger auf
sein Gipsbein,

aber Señorito Iván, wo soll ich denn hin mit diesem
Klotz am Bein,

da ließ der Señorito Iván den Kopf hängen,

du hast ja recht,

räumte er ein, doch nachdem er ein paar Sekunden
mit sich gerungen hatte, blickte er plötzlich auf,

und was ist mit deinem Schwager, Paco, dem geistig
Zurückgebliebenen, dem mit der Dohle, du hast doch
mal gesagt, bei der Taubenjagd wäre er vielleicht taug-
lich,

und Paco, der Kurze, neigte den Kopf zur Seite,

der Azarías ist einfältig, aber probieren Sie es, sehen
Sie, ein Versuch kostet ja nichts,

dann wandte er den Blick in Richtung der Müller-
häuschen, eins wie das andere, jedes mit dem Laubendach vor der Haustür, und rief laut,

Azarías!,

und nach einer Weile war der Azarías zur Stelle, die Hose in den Kniekehlen, mit sabberndem Grinsen das Nichts zerkauend,

Azarías,

sagte Paco, der Kurze, der Señorito Iván will dich morgen mit aufs Feld nehmen, mit dem Lockvogel ...,

mit dem Milan?,

fiel der Azarías ihm ganz außer sich ins Wort, und Paco, der Kurze,

Moment mal, Azarías, es geht jetzt mal nicht um den Milan, sondern um den geblendeten Täuberich, verstehst du, der wird an der Spitze einer Steineiche festgebunden, dann bewegt man ihn mit einer Leine und wartet ab ...,

der Azarías nickte,

so wie auf La Jara mit dem Señorito?,

fragte er nach,

genauso wie auf La Jara, Azarías,

erwiderte Paco, der Kurze, und tags darauf um sieben Uhr in der Frühe, stand der Señorito Iván schon mit seinem braunen Land Rover vor der Tür,

Azarías!,

Señorito!,

schweigend bewegten sie sich im Halbdunkel wie Schatten, nur das feuchte Aufeinanderklatschen von Azarías' zahnlosem Kiefer war zu hören, während jenseits des entlegensten Höhenzugs der Sierra bereits das Morgenrot aufschien,

stell die Ausrüstung und den Käfig mit den Täuberichen nach hinten, und hast du den Strick dabei, um hinaufzuklettern?, willst du barfuß auf die Bäume steigen?, scheuerst du dir nicht die Füße wund?, aber der Azarías traf seine Vorbereitungen, ohne auf ihn zu hören, und bevor sie aufbrachen, holte er die Blechbüchse mit dem Mischfutter aus dem Schuppen, trat auf den Hof hinaus, hob den Kopf und rief mit halb geöffneten Lippen,

kwia!,

mit samtener, stark näselnder Stimme, und von der Spitze des Wetterhahns erwiderte die Dohle seinen Ruf,

kwia!,

und der Vogel äugte nach unten, in Richtung der Schatten, die sich um den Wagen herumbewegten, und obwohl der Hof noch im Halbdunkel lag, beugte er sich vor und stürzte sich in die Tiefe, umkreiste die Gruppe, bevor er sich schließlich auf Azarías' rechter Schulter niederließ, mit halb ausgebreiteten Flügeln das Gleichgewicht suchend, um dann auf dessen Unterarm zu hüpfen, wo er den Schnabel aufsperrte und der Azarías ihm mit der linken Hand Futterkügelchen hineinstopfte, während er sabbernd in zärtlichem Ton murmelte,

hübscher Milan, hübscher Milan,

und der Señorito Iván,

na toll, der Vogel verdrückt ja mehr, als er wert ist, kann er denn noch nicht allein fressen?,

und der Azarías mit einem maliziösen, zahnlosen Grinsen,

was dann, wenn er's nicht kann!,

und sobald sie gesättigt war und der Señorito Iván näher kam, flog die Dohle auf, und als sie auf das Portal der Kapelle traf, stieg sie schwungvoll in die Lüfte, überflog es und ließ sich, nach unten spähend, auf der

Dachtraufe nieder, und da lächelte ihr der Azarías zu und winkte ihr zum Abschied, und schließlich, im Wagen, winkte er ihr noch einmal durch die Heckscheibe, während der Señorito Iván auf die Landstraße Richtung Sierra einbog und bis zum Eichenwald del Moro hinauffuhr, und sobald sie dort waren, stiegen sie aus, der Azarías pinkelte sich im Schutz einer Steineiche auf die Hände, und als er das erledigt hatte, erklomm er freihändig die wuchtigste Eiche, indem er sich an einem dicken Ast festkrallte und mit angewinkelten Beinen durch das Loch zwischen den Armen stieg wie die Affen, und der Señorito Iván,

wozu brauchst du noch den Strick, Azarías?,

und der Azarías,

was soll der bringen, Señorito, reichen Sie mir das Ding da?,

und während der Señorito ihm die Wippstange mit dem angebundenen blinden Täuberich hinaufreichte, wollte er wissen,

wie alt bist du eigentlich, Azarías?,

und der Azarías, der dort oben mit der Wippstange in der linken Hand den Wind schlürfte,

ein Jahr älter als der Señorito,

erwiderte er, und der Señorito verwundert,

welchen Señorito meinst du denn, Azarías?,

na, den Señorito,

und der Señorito Iván,

den von La Jara?,

und der Azarías hockte, einfältig ins Blaue grinsend, auf dem dicken Ast an den Stamm gelehnt, ohne zu antworten, während der Señorito Iván ein paar trockene Zweige verstrebte, um den Anstand unter der

Eiche abzustecken, und als er fertig war, erkundete er den Himmel in Richtung Süden, einen blassblauen Himmel mit leichtem Dunstschleier, und runzelte die Stirn,

kein Lebenszeichen zu sehen, ob wir vielleicht schon zu spät dran sind?,

aber der Azarías schwenkte die Wippstange, eins zwei, eins zwei, eins zwei, als wäre sie ein Spielzeug, so dass der an der Achse festgebundene blinde Täuberich wild flatterte, um nicht herunterzufallen, während der Azarías grinsend sein rosiges Zahnfleisch bleckte und der Señorito Iván mahnte,

halt still, Azarías, verdirb mir nicht alles, solange es oben keine Vögel gibt, ist es Quatsch, so herumzuwedeln,

doch der Azarías zerrte weiter, eins zwei, eins zwei, eins zwei, aus reiner Kinderei, aus Unfug, und da dem Señorito Iván ohne jegliche Spur von Tauben am Himmel bereits schwante, dass der Morgen nichts Gutes verhieß, wurde er immer übellauniger,

halt still, hab ich gesagt, Azarías, verdammt!, hörst du nicht zu?, und durch diesen Zornesausbruch eingeschüchtert, blieb der Azarías nun reglos auf seinem Ast hocken, selig grinsend, zahnlos wie ein Baby, bis nach einigen Minuten fünf Hohltauben am blassblauen Himmel auftauchten, fünf dunkle Punkte am blassen Firmament, woraufhin der Señorito Iván in seinem Versteck die Flinte anlegte und aus dem Mundwinkel zischte,

da kommen sie, lass jetzt etwas locker, Azarías,

und der Azarías packte das Ende der Schnur und ließ locker,

so jetzt, los, los,

aber die Hohltauben ignorierten den Lockruf, drehten nach rechts ab und verschwanden am Horizont, so wie sie gekommen waren, doch eine Viertelstunde später tauchte von Südost ein dichterer Schwarm auf, und die Szene wiederholte sich, die Tauben verschmähten den Lockvogel und drehten in Richtung der Eichenwälder von Alcorque ab, zur größten Verzweiflung des Señorito Iván,

sie wollen ihn nicht, diese Hurenböcke!, komm runter, Azarías, wir ziehen weiter zum Alisón, die paar, die es heute gibt, rasten lieber dort,

und so stieg der Azarías, die Wippstange geschultert, hinunter, sie nahmen den Land Rover und machten sich, steiniges Gelände umfahrend, auf den Weg zum Alisón, und kaum waren sie auf dem flachen Tafelberg angekommen, pinkelte sich der Azarías auf die Hände, kletterte hurtig auf eine wuchtige Steineiche, band den Lockvogel fest und machte sich ans Warten, doch auch hier schien es keine Bewegung zu geben, und obwohl es noch zu früh war für eine Entscheidung, verlor der Señorito Iván gleich die Geduld,

runter, Azarías, das hier scheint ja der reinste Friedhof zu sein, das passt mir gar nicht, weißt du?, die Sache lässt sich schlecht an,

und erneut wechselten sie den Standort, aber die wenigen, weit verstreuten Tauben zeigten sich misstrauisch, sie fielen auf die Täuschung nicht herein, und nachdem er den halben Vormittag vergeblich gewartet hatte, fing der Señorito Iván an, wahllos nach rechts und links auf Stare, Drosseln, Blauelstern und Elstern loszuballern, als hätte er den Verstand verloren, und zwischen den Schüssen brüllte er wie ein Wahnsinniger,

wenn diese Biester nicht wollen, dann wollen sie nicht!,

und als er genug davon hatte, Unfug zu treiben und dummes Zeug zu faseln, kehrte er zum Baum zurück und forderte den Azarías auf,

bau die Wippstange ab und komm runter, Azarías, heute Vormittag ist nichts mehr zu machen, schauen wir mal, ob sich das Glück am Nachmittag wendet,

da sammelte der Azarías seine Siebensachen ein und kam herunter, und während sie so den sonnigen Hang Richtung Land Rover hinabstiegen, kreuzte hoch über ihren Köpfen ein beträchtlicher Schwarm Dohlen auf, und der Azarías hob den Blick, hielt die Hand schützend über die Augen, lächelte und murmelte ein paar unverständliche Worte, bis er schließlich den Señorito Iván am Unterarm anstieß,

warten Sie,

sagte er,

und der Señorito Iván missgelaunt,

worauf soll ich denn warten, du Wichtigtuer?,

da zeigte der Azarías sabbernd nach oben auf das durch die Entfernung gedämpfte Gekrächze der Vögel,

eine Menge Milane, sehen Sie's nicht?,

und ohne eine Antwort abzuwarten, hob der Azarías sein ganz verzücktes Gesicht und rief mit trichterförmig um den Mund gelegten Händen,

kwia!!,

und zum Erstaunen des Señorito Iván löste sich eine Dohle aus dem riesigen Schwarm und stieß senkrecht auf sie herab in einem so schwindelerregenden wie verlockenden Sturzflug, dass der Señorito Iván in Stellung ging, die Flinte anlegte und zielte, fachmännisch von oben nach unten, und als der Azarías das sah, gefror ihm sein Lächeln auf den Lippen, sein Gesicht verkrampfte sich, und Panik stieg ihm in die Augen, während er, völlig außer sich, losschrie,

nicht schießen, Señorito, das ist der Milan!,

doch der Señorito Iván spürte an der Wange das harte Streicheln des Gewehrkolbens und, aufgestachelt durch die Frustration des Morgens sowie angespornt durch die schwierige Herausforderung, einen Schuss senkrecht von oben nach unten zu setzen, konnte er, obwohl er klar und deutlich Azarías' flehentliche Bitte hörte,

Señorito, um ihrer Toten willen, schießen Sie nicht!,

sich nicht bezähmen, nahm den Vogel ins Visier, hielt vor und drückte den Abzug, und mit dem Knall hinterließ die Dohle in der Luft eine Spur schwarzer und blauer Federn, zog die Beine an, verdrehte den Kopf, sackte in sich zusammen und stürzte durch die Luft gewirbelt herab, doch bevor sie am Boden landete, rannte der Azarías schon hangabwärts, mit weit aufgerissenen Augen im Zickzack zwischen Zistrosen und Turmkraut hindurch, an der Seite der scheppernde Käfig mit den blinden Täuberichen baumelnd, und schrie,

das ist doch der Milan, Señorito, Sie haben mir den Milan getötet,

und der Señorito mit der noch rauchenden Flinte in langen Sätzen hinterher, lachend,

der spinnt komplett, der Ärmste,

wie zu sich selbst, und dann lauthals,

keine Sorge, Azarías, ich schenk dir einen neuen Milan!,

aber der Azarías, am Rand eines Zistrosenstrauchs hockend, hielt den verendenden Vogel in seinen klobigen Händen, während das dicke warme Blut zwischen seinen Fingern hervorquoll, die im Innern dieses zerfetzten kleinen Körpers die letzten schwachen Schläge seines Herzens spürten, und sagte, sanft schluchzend über ihn geneigt,

hübscher Milan, hübscher Milan,

und der Señorito Iván neben ihm,

du musst mir verzeihen, Azarías, ich konnte mich einfach nicht bezähmen, das schwör ich dir!, ich war so voller Wut wegen des verpatzten Vormittags, versteh doch,

aber der Azarías hörte gar nicht hin, er legte die hohlen Hände noch enger um die sterbende Dohle, als wollte er ihre Wärme bewahren, und schaute mit leerem Blick zum Señorito auf,

er ist tot, der Milan ist tot, Señorito!,

sagte er, und so, mit der Dohle in Händen, stieg er Minuten später auf dem Gutshof aus, und als Paco, der Kurze, auf seinen Krücken heraustrat, der Señorito Iván lachend,

sieh zu, dass du es schaffst, deinen Schwager zu trösten, Paco, ich hab ihm seinen Vogel getötet, und jetzt ist er nur noch ein heulendes Elend,

doch gleich darauf versuchte er, sich zu rechtfertigen,

du kennst mich doch, Paco, und weißt, wie das ist, ein ganzer Morgen vergeblicher Warterei und kein Vogel in Sicht, nicht wahr?, ja, so war's, fünf Stunden vertan, und dann stößt diese verfluchte Dohle plötzlich von oben nach unten herab, welch gestandenes Mannsbild würde bei so einer Gelegenheit den Finger still halten, Paco, erklär das deinem Schwager, er soll sich nicht so haben, verdammt, keine solche Memme sein, ich werde ihm eine neue Dohle schenken, Viecher wie dieses Stück Aas da gibt es zuhauf auf dem Hof,

und Paco, der Kurze, ließ den Blick abwechselnd zwischen dem Señorito Iván und dem Azarías hin und her schweifen, der eine mit den Daumen in den Armlöchern seiner Patronenweste und seinem strahlenden Lächeln, der andere in sich zusammengesunken, den toten Vogel mit seinen klobigen Händen schützend, bis der Señorito Iván wieder in den Land Rover stieg, ihn in Gang setzte und durchs Seitenfenster sagte,

nimm's nicht so schwer, Azarías, Viecher wie dieses Stück Aas da gibt es zuhauf, um vier Uhr hole ich dich wieder ab, mal sehen, ob es heute Nachmittag besser klappt,

doch dem Azarías rannen dicke Tränen über die Wangen,

hübscher Milan, hübscher Milan,

sagte er in einem fort, während der Vogel ihm zwischen den Fingern allmählich erstarrte, und als er merkte, dass dies kein lebender Körper mehr, sondern nur noch ein seelenloses Ding war, erhob sich der Azarías von seinem Schemel, um an die Kiste mit der Kleinen zu treten, als just in dem Moment die Charito einen ihrer jämmerlichen Schreie ausstieß, woraufhin der Azarías, sich mechanisch die Nase mit dem Unterarm reibend, zur Régula sagte,

hörst du, Régula?, die Kleine weint, weil der Señorito mir den Milan getötet hat,

doch am Nachmittag, als der Señorito Iván wieder
vorbeikam, um ihn abzuholen, schien der Azarías wie
ausgewechselt, gefasster, kein Geheule mehr, gar nichts,
er lud den Käfig mit den blinden Tauben, das Beil, die
Wippstange und einen Strick, doppelt so dick wie der
vom Vormittag, hinten in den Land Rover, ruhig, als
wäre nichts geschehen, so dass der Señorito Iván
lachte,

dieses Tau da ist doch wohl nicht zum Bewegen der
Wippstange, oder, Azarías?,

und der Azarías,

zum Klettern auf die Eiche ist's,

und der Señorito Iván,

na, dann los, schauen wir mal, ob uns das Glück jetzt
eher winkt,

er lenkte den Wagen auf den Feldweg, die Räder in
den tiefen Spurrillen, und beschleunigte, vergnügt vor
sich hin pfeifend,

der Ceferino schwört bei seinen Toten, vorgestern
an der Grenze zu den Ländereien von El Pollo seien un-
geheure Schwärme aufgetaucht,

doch der Azarías wirkte abwesend, sein Blick verlor
sich jenseits der Windschutzscheibe, die klobigen
Hände reglos auf dem knopflosen Hosenschlitz, so dass
der Señorito Iván angesichts seiner Teilnahmslosigkeit
eine flottere Melodie zu pfeifen begann, doch als sie
ausstiegen und er die Vogelschwärme sichtete, geriet
er schier außer Rand und Band,

spute dich, Azarías, verdammt, siehst du sie denn
nicht?, da ist ein ganzer Schwarm von mehr als drei-

tausend Hohltauben, diese verdammten Mistviecher, siehst du nicht, wie der Himmel sich über dem Steineichenwald schwärzt?,

dann schnappte er sich Hals über Kopf die Flinten und die Patronentasche, schnallte sich die Ledersäcke an den Gürtel und stopfte sich die Halter der Patronenweste voll,

beweg dich, Azarías, verdammt,

wiederholte er, doch der Azarías stapelte seelenruhig die Ausrüstung neben dem Land Rover, stellte den Käfig mit den blinden Täuberichen unter dem Baum ab und kletterte den Stamm hinauf, Beil und Tau am Gürtel, und kaum hatte er den untersten Ast erreicht, beugte er sich hinab zum Señorito Iván,

reichen Sie mir den Käfig, Señorito,

und da reckte der Señorito Iván den Arm in die Höhe, den Käfig mit den blinden Täuberichen in der Hand, während er gleichzeitig den Kopf hob, und als er das tat, warf ihm der Azarías das Seil mit dem Laufknoten wie eine Krawatte um den Hals, zog am anderen Ende das Seil fest, und um den Käfig nicht loszulassen und so die Täuberiche zu verletzen, versuchte der Señorito Iván, sich mit der linken Hand aus der Schlinge zu befreien, denn er begriff immer noch nicht,

aber was zum Teufel führst du im Schilde, Azarías, hast du denn nicht die Wolke mit den Hohltauben über dem Steineichenwald von El Pollo gesehen, du Riesenarschloch?,

und kaum hatte der Azarías das Seilende um den dicken Ast über seinem Kopf geworfen, um grunzend und sabbernd mit aller Kraft daran zu ziehen, verlor der Señorito Iván den Halt unter den Füßen, spürte, wie er plötzlich hochgezogen wurde, ließ den Käfig mit den Täuberichen fallen,

um Himmels willen! … du bist wahnsinnig, du,

krächzte er heiser, stammelnd, kaum vernehmbar, wohingegen das anschließende schnarrende Röcheln klar und deutlich zu hören war, wie ein anhaltendes Schnarchen, und gleich darauf streckte der Señorito Iván die Zunge heraus, eine lange, dicke, dunkelviolette Zunge, aber der Azarías schaute gar nicht hin, hielt nur das Seil fest, dessen Ende er nun an dem Ast vertäute, auf den er sich hockte, eine Hand an der anderen reibend, auf den Lippen ein einfältiges Grinsen, doch der Señorito Iván, vielmehr die Beine des Señorito Iván ergingen sich immer noch in seltsamen Zuckungen, elektrisierten Spasmen, als begännen sie von selbst zu tanzen, während sein Körper eine Weile in der Luft hin und her baumelte, bis er sich am Ende nicht mehr rührte, das Kinn auf der Brust, mit hervorquellenden Augen und schlaff am Körper herabhängenden Armen, während der Azarías dort oben, Speichel kauend, einfältig himmelwärts ins Nichts grinste und am laufenden Band

hübscher Milan, hübscher Milan,

murmelte, und just in dem Augenblick durchkämmte ein dicht gedrängter Schwarm Hohltauben die Luft und streifte den Wipfel der Steineiche, in der er sich versteckt hatte.

Nachbemerkung des Verlages

Wie kann in Demokratien Widerstand geleistet werden? Diese Frage scheint heute drängender denn je.

Die Bühne von Miguel Delibes' modernem Klassiker »Los Santos Inocentes« (»Die heiligen Narren«) bildet das Leben auf dem Land Anfang der sechziger Jahre, in einer Zeit, als das Franco-Regime noch gottgegeben scheint und vor allem im ländlichen Spanien noch keinerlei Anzeichen zu erkennen sind, dass dieses sozial starre Unterdrückungssystem irgendwann einmal anfangen wird zu bröckeln. Allerdings gab es seit einiger Zeit bereits zumindest einen wichtigen Raum, in dem Kritik vorsichtig geäußert, behutsam gesellschaftliche Gegenentwürfe entwickelt, zaghaft Neues ausprobiert werden konnte: die Literatur.

Ganz besonders nach Francos Tod 1975 kam ihr eine identitätsstiftende Wirkung zu. Das demokratische Spanien musste sich »neu erfinden« und konnte dabei auf eine lange und reiche Tradition von Autorinnen und Autoren zurückgreifen, die sich kritisch in den zeitgenössischen gesellschaftlichen Diskurs um Zustand und Entwicklung der spanischen Gesellschaft eingebracht und Gehör gefunden hatten. Mit dem Wegfall der Zensurbeschränkungen blühte die spanische Verlagslandschaft auf, und neue, bedeutende zeitgenössische Stimmen konnten in beträchtlicher Zahl veröffentlicht werden. Oft im Zusammenwirken mit der gleichfalls erstarkenden Filmindustrie hatten diese wichtigen Werke – wie auch das 1984 durch Mario Camus verfilmte »Los Santos Inocentes« – einen nicht zu unterschätzenden Anteil an der Bildung eines neuen Bewusstseins und letztlich an der Entwicklung Spaniens zu einem demokratischen Staatsgebilde. Die große literarische Tradition des Landes erwies sich dabei als unerlässliche Ressource und Referenz, um gesamtgesellschaftlich überholte Strukturen zu erkennen, zu benennen und zu bekämpfen. Die Literatur wurde gemeinsam mit dem Film und einem neuen Journalismus zu einem Schwert im Kampf der Moderne gegen das Alte, des Fortschritts gegen die Traditionalisten und Konservativen, gegen die beharrende Übermacht der katholischen Kirche und, wenn auch mit einigem Zögern, letztlich auch gegen die lange Tradition des Machismo.

Als Miguel Delibes' Roman Anfang der achtziger Jahre erschien und verfilmt wurde, hatte bald nahezu jeder im Land, der alt genug war, mindestens das Buch gelesen oder den Film gesehen, häufig sogar beides. Als Teil einer neuen spanischen Identität, eines neuen spanischen Selbstverständnisses gehört es bis heute zum Kanon und wird in den Schulen und an den Universitäten ebenso gelesen wie von neuen Generationen rezipiert, gerade weil es den Übergang der alten zur neuen Ordnung greifbar macht und damit eine Verbindung zwischen Vergangenheit, Gegenwart und Zukunft schafft.

Die Figuren, die den ländlichen Herrensitz des Buches in der archetypischen kargen Landschaft Extremaduras bevölkern, können stellvertretend für die Gesellschaft des Franquismus stehen, mit seiner menschenverachtenden Oberschicht, die vom System des Caudillo und dessen unheiliger Allianz mit dem repressiven, erzkonservativen Teil der katholischen Kirche profitierte, und einer unterdrückten Land- und Industriearbeiterschicht. Das dieses System sprengende Moment wird ausgerechnet durch den einen ausgelöst, dem man es am wenigsten zutraut: Azarías ist es, der »heilige Narr«, der dem bisher für unumstößlich gehaltenen System letztendlich den entscheidenden Schlag zu versetzen vermag, in einem lange überfälligen Akt des Widerstands, der auf eine so ungeheuerliche wie selbstverständliche Art Gewalt einschließt, wie es historisch bei der Überwindung eines solchen Systems selten vermeidbar ist. »Los Santos Inocentes« ist ein Buch, das eindrücklich, ja geradezu beispielhaft zeigt, dass wir Menschen Unterdrückungssysteme nicht nur überwinden können, sondern sie überwinden müssen und dass es nicht zuletzt die Kraft der Kultur ist, Bildung im wahrsten Sinne, die zusammen mit echter Menschlichkeit zur Basis dieser Überwindung werden kann.

Leonid Zypkin
Die Winde des Ararat
Aus dem Russischen von Susanne Rödel
167 Seiten. Gebunden mit Schutzumschlag
ISBN 978-3-351-03930-1
Auch als E-Book lieferbar

Zypkins Meistererzählung über die Sowjetrealität in den siebziger Jahren

Es grenzt an ein Wunder, dass die Manuskripte Leonid Zypkins in der Schublade überdauert haben: In der Sowjetunion durfte er nicht veröffentlichen, erst postum wurden seine Bücher weltweit entdeckt und gefeiert. Endlich erscheint seine wichtigste Erzählung auf Deutsch: Als der sowjetisch-jüdische Jurist Boris Lwowitsch und seine Frau Tanja vom höchsten Punkt einer armenischen Grenzstadt auf den Berg Ararat blicken und die Winde aus allen Himmelsrichtungen spüren, wächst ihre Sehnsucht nach »drüben«, nach mehr Freiheit ins Unermessliche. Ihr Aufenthalt endet abrupt, als sie durch einen Fehler in der Hotelreservierung von der unnachgiebigen Direktorin rüde aus ihrem Zimmer geworfen werden. Findet Boris einen Weg, sich gegen die Willkür aufzulehnen? Eine literarische Imagination über die unvergleichliche Kraft, die aus der Hoffnung auf eine bessere Zukunft erwächst.

Regelmäßige Informationen erhalten Sie über unseren Newsletter.
Jetzt anmelden unter: www.aufbau-verlage.de/newsletter

Tillie Olsen
Ich steh hier und bügle
Storys
Aus dem Amerikanischen von Adelheid Dormagen und
Jürgen Dormagen
144 Seiten. Gebunden mit Schutzumschlag
ISBN 978-3-351-03982-0
Auch als E-Book lieferbar

»Bei Tillie Olsen gibt es kein Wort, das nicht an genau der richtigen Stelle sitzt.« Dorothy Parker

Die Gedanken einer Mutter gleiten gequält mit dem Bügeleisen hin und
her: Was konnte sie ihrer halbwüchsigen Tochter bieten, was blieb dieser
verwehrt? Lennie, Helen und ihre Kinder machen Platz für Whitey,
einen gestrandeten Freund der Familie, doch er stellt ihre Geduld einmal
mehr auf die Probe. Zwei Freundinnen, eine schwarz und eine weiß,
merken, dass ihre Welten immer unvereinbarer scheinen. Ein Ehepaar
streitet erbittert darüber, wie sie jetzt, wo Kindererziehung und Beruf
hinter ihnen liegen, leben wollen, als sie eine fatale Diagnose ereilt.
Die Geschichten verzahnen sich immer enger miteinander und gewäh-
ren sprachlich brillante Einblicke in die Welt der sozial Benachteiligten.
Vielfach ausgezeichnet, aufgenommen in die »Best American Short Sto-
ries« und heute aktueller denn je.

Regelmäßige Informationen erhalten Sie über unseren Newsletter.
Jetzt anmelden unter: www.aufbau-verlage.de/newsletter

Victor Klemperer
Licht und Schatten
Kinotagebuch 1929–1945
363 Seiten. Gebunden mit Schutzumschlag
ISBN 978-3-351-03832-8
Auch als E-Book lieferbar

Der große Chronist über seine Filmleidenschaft

Erstmals vollständig gedruckt: Victor Klemperers Tagebuchnotizen über seine Kinobesuche zu Beginn der Tonfilm-Ära. Von Anfang an erlebt der Cineast mit, wie die technische Neuerung 1929 in Deutschland Einzug hält. Nicht selten geht er mehrmals pro Woche ins Kino. Zunächst kritisch, lässt er sich schon bald von den neuen Möglichkeiten mitreißen. Von den Nationalsozialisten aber wird das Medium immer weiter vereinnahmt, Klemperer schließlich durch das Kinoverbot für »Nichtarier« 1938 ganz aus den Lichtspielhäusern verbannt. Doch nicht einmal das kann ihn fernhalten.
Ein mit Genuss zu lesendes Gesamtbild vom Kino jener Jahre, ein eindringliches Plädoyer für die Bedeutung der Kultur in kulturfeindlichen Zeiten – von einem, für den das Vergnügen, im Kinosessel zu sitzen, zugleich ein Symbol der Freiheit war.

Regelmäßige Informationen erhalten Sie über unseren Newsletter.
Jetzt anmelden unter: www.aufbau-verlage.de/newsletter